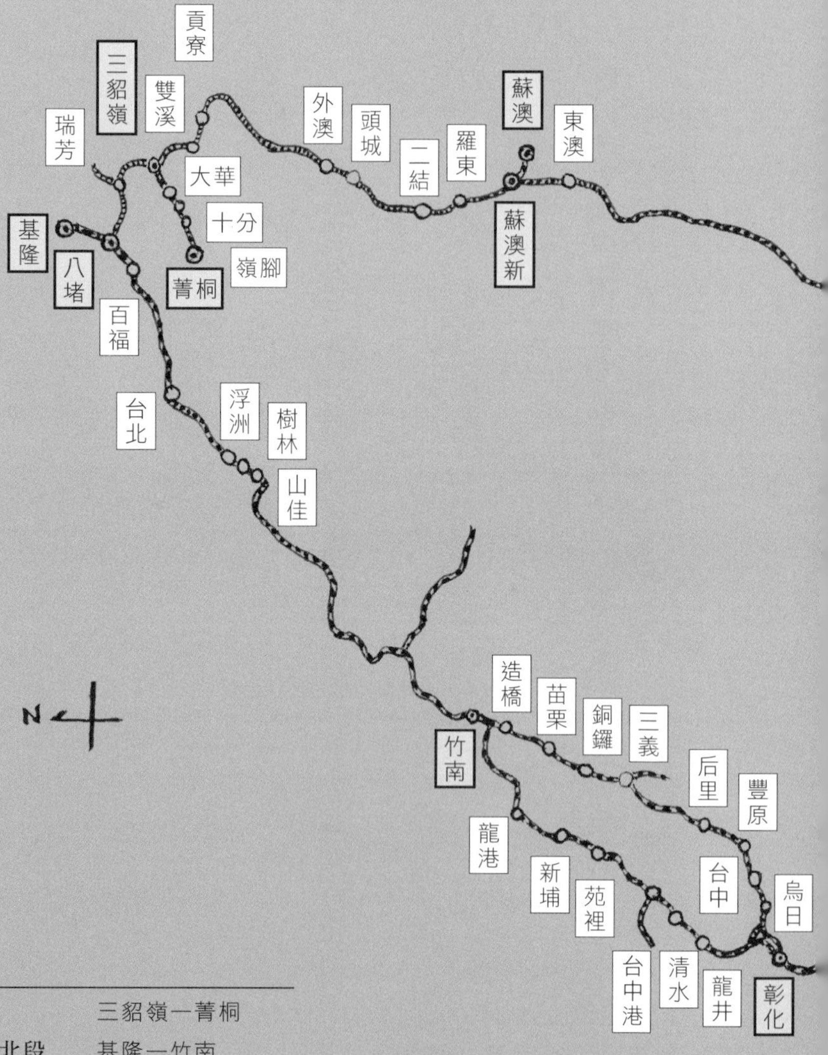

平溪線	三貂嶺一菁桐
縱貫線北段	基隆一竹南
海線	竹南一大甲一彰化
山線	竹南一台中一彰化
縱貫線南段	彰化一高雄
屏東線	高雄一枋寮

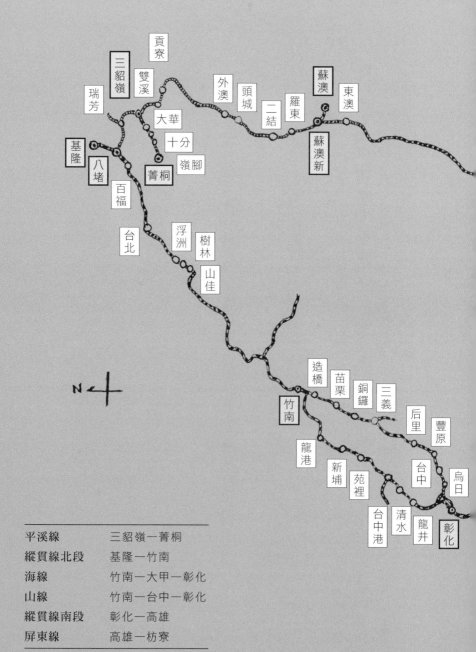

自序

加油！太棒了！你好厲害！

這些鼓勵的字眼，從來都不會在我發給母親的 messenger 裡出現。

母親看到我傳過去的訊息，往往只有圖片。若不是我拍攝的，便是網路截取的，一張張正在走訪的車站或鐵道風景，以及遇見的人物。

長年來，母親在行動不便，逐漸失聰的生活裡，每天打開電腦，花許多時間在臉書追蹤我的動態和訊息。儘管視力也愈來愈衰弱，看到我又寄給她圖片時，精神便振奮起來。找到合宜的，更想努力繪出圖像。每次完成一幅，似乎也就有了，跟我拜訪過那兒的滿足。

她很急切。我回去時，圖往往已畫好，或者完成部分內容，等著討論。四年多了，快八十三歲才自己摸索繪畫，此後無悔地熱情投入。母親總是哀怨身體哪裡又不舒服時，一邊認真地問我，某一車站被電線桿擋住該怎麼辦，車廂窗戶太多了很難處理，有的車站都是磚頭必須用尺畫。

說她是素人畫家也對，但更像七八歲的小學生，常提這些有點可笑，聽來不是問題的問題。無論如何，繪畫早就融入她的生活，成為多種病痛的一部分。

那是她的世界，也是我的世界。後來她畫得起勁，還從現在回溯過去。這十多年來我的火車旅行都讓她瞧過了，適合的都成為描繪題材。千禧年後沒再坐過火車的母親，畫過的，比坐過的多。認識的車種，比吃的藥還熟悉。

結果，近米壽之齡了，居然跟我說，沒有繪畫，她活著還有什麼意義。

這話我完全認同。公園走一百公尺，幾乎是壯遊。如今用這些親手完成的畫，跟著我去天涯。跟同輩相比，母親顯然認識更多台灣的風物。

反之，我的鐵道旅行，再怎麼歡喜浪漫，一安靜孤獨了，難免掛念著她。心裡總懸念

著這樣一個家。每次出遠門，再怎麼繞，都是急著要快點回去，陪她吃晚餐。

台灣的環島火車路線，是個大迴轉壽司。我繼續在這個轉盤繞行，但這回是場深度遊戲。母親也跟著忘情地投入，尋找到自己的快樂和歸屬感。

等我回顧時，她已有四五十幅相關的作品。老人家不懂得何謂藏拙，只知努力照著原樣，描摹看到的世界。我也不藏私，採用為書裡的配圖。

如今看著一站站的插圖，不良於行的她，彷彿跟我都去過了。縱使這些畫是如此愚騃、笨拙，但裡面都藏著對我的，旅行之想像和平安。或許，這也是火車旅行最美麗的情境。

每次搭上火車，因為母親的陪伴，在如此千頭萬緒的掛慮裡，我才回到真正的台灣。

母親的自畫像

枋寮

搭上跟世界分手的列車

文學出版這麼糟，總要對自己好一點。這麼許諾著，一年將盡時，終於去了枋寮。非假日的中午，如願搭上了一班駛往台東的藍皮普通車。

為何非搭上這班南迴線列車？原因無他，那是最後一班例行的慢車，以後全線鐵路電氣化，說不定就無緣搭乘了。

這班車還沒坐上去前，光是觀賞，感動即油然而生。橘紅的柴油車頭，拉著三節藍色開窗的印度製車廂，早早停靠在第一月台。老舊的綠色硬椅背，電風扇緩慢轉動，還有味道差強人意的廁所，彷彿載著滿滿的八〇年代，甚至更老的台灣。

鐵道專家洪致文曾告知，這車以前是對號快車用的，座椅是日本國鐵制式的旋轉椅，以前很高級的……

週間上班之日，搭乘的旅客約莫十來位。看來以年輕的鐵道迷為多，他們分散在不同的車廂，不時傳出歡樂的笑聲。我和一位特別休假前來的木訥男生，走進第一節，各自選一個窗口凝望。不久，一對戀人進來，偎在最後一角，那是他們的情人雅座。

火車準時啟程了。從到處是蓮霧果園和魚塭的郊野，駛進滿山愛文芒果的枋山山區。台灣海峽就在旁邊，因為接近太平洋，海溝更深，深出西部難以想像的蔚藍。火車轟隆駛進山洞，聲音如響雷，卻也把現狀拋諸洞外。

接續有兩個小時，熟識的那個台灣完全神隱。火車每站都停，有時會停很久，等待會車，或者讓所有火車超越。它按著自己的節奏，緩慢地前進，搭配著綠色鄉野的吐納。初始有銀合歡、相思林，進而是低矮陌生的森林環境。青蔥之綠如潮汐緩緩上漲，最後是滿潮，湧上來自然世界的莽荒和疏離。

火車繼續駛入的隧道愈來愈長，愈有擺脫既有生活秩序的感覺。最後有好幾座隧道，拉出數分鐘黑漆的漫長。幽黯中，後面的情侶消失了。等再奔出洞口，他們緩緩地從無人的座椅裡浮現，露出羞澀而滿足的笑意。多麼年輕美好的身影，讓人思慕著回到那樣的年歲。

過了大武，海又更加貼近，像蝶豆花的色澤了。瀧溪是小站，但自強號偶爾會停靠。一位染著時尚紅髮的排灣族女孩，攜著包裹走進來，耳機手機一手在握。她的出現，幽微地提醒我，台灣至少有兩個以上，但某些時候又趨於同質。

抵達金崙了。長長雙座月台的陌生之站，眼眸深邃皮膚黝黑的老幼婦孺佇立著。有些人走進，車廂間流動著咀嚼檳榔的味道、陌生的語言。一輛莒光號南下，停靠時，更多部落的人從大城回來。經過的溪川都流向大海，但還未抵達便消失陸地盡頭。那是沒口河，東部地理環境的特色，只有在大雨時，河海交會，禿頭鯊方有上溯內陸的機會。

接著，火車穿過荖葉和釋迦的家園、檳榔和椰子的大地，愈加明亮的南國，洗滌你的一年。開闊的知本溪，遠方有沙塵暴。過了溪才驚覺，擺在窗檯上的手機，外殼都是沙子。

出發後兩小時，一班沒有廣播聲的火車，彷彿在靜寂中駛抵終點台東站。窗外是香蕉園和水田，我又逐漸回到另一個台灣的懷抱。

今年留給自己這麼一天，暫時和文學低迷的台灣分手。希望幫日子積蓄一點能量，明年還可以再出發。（2013）

藍皮火車

大武

砂石車司機的願望

某一近午的冬日時節，抵達了南陲的大武。

天氣悶熱猶如酷暑，從空無一人的車站出發，穿過排灣族 vuvu 蹲著的小村，一路晃蕩到車輛往來頻繁的海邊公路。二十多分的柏油路步行，身體已如晒成乾癟的蜥蜴。

所謂南迴公路最大的中途站，如今只有十多家飲食店偎集。我特別注意到 7-11、手機販售店，還有一間超市。

挑了家明亮、密閉，蒼蠅較少的餐廳，快樂地享用一碗海鮮麵，進而買了一瓶許久未飲用的啤酒解暑。半年了，莫拉克颱風後，大武的海邊不知近況如何。六個月前，新聞報導附近的海灘堆滿了漂流木，漁船進不了港也出不去。日正當頭，我仍想到海邊觀看。

沿著觀光商鋪的小巷，穿過一處砂石場，再經過一輛正要發動的砂石車。眼前的海邊荒路上，果然不少尚未消除的漂流木。我隨即被一棵孤瘦的九芎樹吸引。它從漂流木間挺出，樹幹被鋸斷多處，唯枝頭頂端仍有一片小葉生長，努力地存活著。

九芎是排灣族的引火植物，但多生長在低海拔森林，竟在此濱海荒地頑強佇立，心頭不免浮升一絲尊敬，特別取出相機拍照。

突然間，約略聽到砂石車引擎熄火，車門大力關上的撞擊聲。我回頭，只見一位墨鏡大哥從駕駛座跳下來，帶著惡狠的表情走到我面前，「請問你是哪來的，在拍什麼？」

我報以微笑，告知自己只是旅人，正在無聊地遊蕩。他端視我的背包，再看我一付登山裝扮，繼續半信半疑地打量。

我主動把數位相機裡的內容展示給他看。他仔細端詳後，鬆了口氣，「我還以為你是什麼環保單位的，裝成這樣的打扮。」

「這棵樹長得很特別，所以想要拍它。」我指著眼前的九芎。

「這樹快死了，有什麼好拍的。」司機還是不解，但語氣不再充滿警戒。

我一時不知如何回答，只好繼續重覆先前的話，「它很漂亮。」

牛頭對不上馬嘴，他點起一根煙，主動改了話題，「前幾日環保局來抽查，害得我很慘。」

他繼續解釋，砂石車若超載，環保局要罰四萬多元。但有些警察好心，多半都會接受他們的拜託，改以未繫安全帶為由，幾百元就打發了。

我點頭回應，順便告知自己關心當地風災後的狀況。

他隨即再探問，「我要上山去載砂石，你是拍照的，要不要坐我的車？從那兒看海更加漂亮。」

上山拍海景，我的樂趣並不高，但上山載砂石？我對此深感好奇，因而露出一付興致高昂的意願，「我很想上山去，但再過四十分鐘，就要搭乘往西海岸的火車，這樣來得及嗎？」

排灣族 vuvu

「沒問題，我們半小時內就能上山載完砂石回來。」他自信滿滿。

這麼難得的機會，其實沒搭上火車也無所謂了，當下自是爽快答應。

司機隨即邀我坐上覆滿厚重灰塵的大卡車。大卡車踏階通常特別高，一般人很難一腳踩蹬上去，往往要藉助旁邊車桿的輔助。這位司機的大卡車更加困難，因為右邊車門打開，早就堆了三桶油汙溢出的柴油。

他隨即向我致歉，馬上用一張硬紙板鋪在上頭，隔開下面的油漬，「這樣應該沒問題了。」

我苦笑著，像隻青蛙攤開肚腹，抱著背包和相機，半躺半坐。未料，竟然還能用安全帶扣住自己。

砂石車在濱海公路急駛一段後，彎進了大鳥部落。原來，砂石車要載砂石的地點在大鳥上方的台地。去年八月莫拉克颱風時，大鳥部落上方的兩座山崩塌了，形成嚴重的土石流，比九一一時紐約兩棟大樓的傾塌更加壯觀。整個大鳥部落的家屋去掉三分之一，其他地方亦岌岌可危。

如今颱風遠去，兩座山的崩落砂石仍殘留著，彷彿暫時停歇的活火山，隨時會再爆發。若不儘快處理，等下回颱風到來，難保不會有第二回的土石流。

從去年八月，這兒便開始有三四十輛的砂石車和挖土機進出，不斷地運載砂石下山。這位司機大哥為了謀生，當然加入行列。

我上車後，他基於禮貌，始終忍著不敢抽煙。大卡車抵達時，才探出頭點煙。

我環顧周遭，只見山腹豎起一座長長的高牆，都是用白皙的大砂包堆疊，防止上頭的砂土繼續崩落。其他地方，繼續有卡車和挖土機來來去去。整個村落上方的台地，儼如一場巨大戰役剛剛結束，還在清理的戰場，滾滾沙塵迷漫於空氣間。沒想到都半年了，還是這等兵荒馬亂的光景。我忖度著，眼前目睹的場景，絕非才開始，而是自去年迄今，每天都是這般忙碌地挖土和載運。

認真拍了一些照後，繼續跟司機聊天。他住在不遠的尚武，是位漢人，小我約莫七八歲。尚武人口比大武多，但沒車站，更沒大武熱鬧。一位大卡車司機一日的薪水，不過一千多元，工作很辛苦。

大鳥部落的砂石何時運完，他無法預估。只知颱風前恐難全部清除，只能運多少算多少。運走的砂石，都要傾倒在南興部落旁邊的海岸。我一臉狐疑，提出生態環境的問題。

司機大哥隨即跟我解釋，「這真的沒辦法。從去年忙到現在，載運的砂石量還不及三分之一。怎麼辦？颱風又要來了，只好繼續運，能做多少算多少。」

砂石車載運砂石的速度很快，大卡車靠近挖土機，不過五分鐘左右，隨即滿載了砂石下山。透過濛濛灰點的玻璃，我繼續吃驚地看著整個山谷的塵土飛揚，彷彿在沙漠或者某一個悲慘的第三世界。很難想像，這是自己的家園。

我再問他，為何不到別地工作，有些司機一天的工資可以高達三四千元，比如載砂石北上蘇花高。他嘆口氣，「賺那麼多有什麼用，家園都毀了。我還是趕快把這兒的砂石運完比較好。」

他如約把車開回大武。從那兒到車站，走路要十來分。但他忘了，大卡車不能駛進村子，因而跟我抱歉。我必須在此下車，頂著太陽衝往車站。

我要離去了，他在後面大喊，「有空幫幫忙，把這裡的困境告訴大家。我們需要更多的力量。」

他沒問我從事什麼行業，似乎任何人都好，只要能伸出援手。還留下手機號碼，歡迎我下回到大武，或能聯絡。那時，他希望大鳥村的砂石已清光，自己正在另一個地方工作。

我揮揮手，感謝他的導遊，一時間還愣在馬路上。他從車窗探出頭，大聲催促我，「趕快跑吧，你剩下的時間不多了，火車不會等人的。」（2010）

金崙

後年輕的阿美

搭乘南迴線，意欲當日折返者，多半選擇金崙做為一天小旅行的停靠站。畢竟這站下來就是部落，還有海灘和溫泉。尤其是復古的藍皮普通車，日漸受到重視下，金崙在沉寂許久之後，愈加被注意著了。

可這注意，最近又面臨嚴峻的挑戰。南迴公路截彎取直，高架橋直接跨過金崙部落，以後經過的汽機車，恐怕不會特別繞下來。縱使那家名聞遐邇的牛肉麵店，或者是原台九線上的 7-11，應該都無法抵擋這個衝擊。

我則繼續堅定地搭乘火車前往，並且深信這是接觸此一部落最友善而美麗的方式。有一回，便帶了一團鐵道迷，從枋寮出發，一路認識南迴線，最終來到金崙，準備在海灘開講。

在地人皆知，乍看平坦無奇的沙灘，其實充滿許多生活故事。僅舉一例，大雨後，河

口暢通了，禿頭鯊群趁機上溯，漁民前來捕撈，觀看者或許還可在現場，嚐到他們分享的小魚沙西米。光是這個小插曲就足以讓很多旅人漫步海邊時，還想沿沙灘浪行一二公里，走到河口瞧瞧。

事前我們評估，多達四十成員的隊伍，金崙可能沒有餐廳可以提供這般人數的午餐，因而在枋寮起站便訂了鐵道便當。

中午抵達金崙後，部落裡的牛肉麵店果然爆滿，欲吃者還得領號碼牌，連小菜都不一定能點著。原本期待販賣甜點的小店，更因非假日選擇歇業。便利商店則遠在台九線上，還不若折進巷弄，跟排灣族人並坐，吃個部落小食。或者，乾脆回到車站休息。

阿美便是這樣認識。她年紀小我一些，夏初時經常在金崙車站擺攤位，販售自種的農產，諸如金瓜、木瓜和隼人瓜等，還有阿拜、吉那富之類排灣族食品。但最吸睛的，恐是自製的小米粿，以及山苦瓜汁、洛神花茶。

我們在車站享用便當時，她如常駕駛一輛小發財到來。車上載著琳琅滿目的當令農產，遂成為大家搶購的名物。她的客戶不只我們，還有跟我們一樣，欲搭乘同班火車回家的旅行團。多半是高雄人，專程搭車來洗溫泉，回家前順便買個特產，一日快活

地往返。

阿美和先生原本在餐廳當廚師，但年紀大了收攤休息，回到部落調養。平常務農，有些農產便運來這裡販售。兩個孩子，一男一女，男的服役海軍，女的在台北士林工作，因為尚未賺取足夠的金錢，都不敢結婚。阿美戲謔地說，跟你們漢人一樣。

車站前還有兩三攤。有一攤賣包子，另外一攤農產來自多良，主要以生薑、山芋和部落薑為主，也有紅藜、小米等，接近阿美販售的。但不同區域，種類明顯不同，尤其是山芋。

她們不像阿美，專程製作手續麻煩的阿拜和吉那富，而是有什麼便販售。阿美算是勤奮的，車站前固定有此排灣族小攤，豐富了小站的特色，因此我特別鼓勵她繼續研發。

第一回認識後，我跟她說再過兩個星期，會有更多鐵道迷到訪。她原本還半信半疑，前一晚喝了酒，想要好好休息。但半夜醒來，覺得我不會失約，因而三點又摸黑起來，多製作了一些小米粿和吉那富。後來看到我再度拜訪，自是雀躍，像隻烏頭翁在枝頭又跳又叫。

撈魚苗

三十年前的金崙車站比現在熱鬧許多。車站前往往就是各種小吃和菜攤，一路排到南迴公路天主教堂那頭，部落也曾有小鎮的繁華和熱鬧。現在只剩三四攤，勉強幾家雜貨鋪，頗教人唏噓。

她還跟我說，下回如果有隊伍要來，不用特別訂鐵路便當，請安心一路搭乘。只要事先跟她聯絡，她可以幫我準備部落的風味便當。我們聊得開心，還認真討論，將來可以從這兒的山路走到多良。

後來她半開玩笑，自稱外貌還在後年輕期，內心其實已垂老。我卻在閒聊中，想到了部落旅遊發展的新內涵。除了著名的溫泉，應該還有其他文化特色，可以讓這兩處南迴線的小站連結，發展出旅客更想要駐足的魅力。

面對著深藍黑潮的太平洋，海水常有六七種層次。兩處望海，多良擁有最美麗的月台，金崙是想放鬆睡覺的環境，如今都充滿百分百的緩慢氛圍。

未來，熙來攘往的車輛將不復見，村民擔心它會變成被遺忘的地方。但被遺忘，有時反而是好事。當你認清生活價值，也準備好時。（2019）

瑞源

企鵝停留的小站

春初時，有位臉友要帶孩子搭火車去東部，一站接一站旅行。她問我這位鐵道控，知不知道台東某一小站有企鵝塑像。

什麼企鵝？這個問題當場把我考倒，一時間不知如何回答。直到有天意外來到一座小村，才找到答案。

那裡叫瑞源。一座花東縱谷不知名的客家村，村裡設有一小小三等車站，每天只幾班區間車或莒光號停靠，搭乘人數可能百人出頭，都是固定通勤的公務員和學生，陌生的旅客甚是少見。

車站出來即主要村街，寂寂清清，乾乾淨淨。舉目沒小吃餐飲，也無便利商店。只有低矮不起眼的柑仔店，每天出爐甚少的麵包店，或有五金行和大賣場，供應著生活用品，大抵都算尋常之景。其他都是住家，殊少看到孩童。

離開村街，周遭盡是農田。每天一早，上了歲數的老人家，戴著便帽或斗笠騎摩托車去農地。農地以水稻為主。轉作時，有一產業紅甘蔗，名聲已超越埔里。繞到鄉間走逛，不小心總有機會撞著一片黑烏烏桿身的甘蔗林。年底時，九號省道上，販售此等物產的攤位便逐次開張。

陌生人在此，總是特別搶眼，彷彿誤闖進原始森林。我會到這裡，卻是為另一種果物，波羅蜜。波羅蜜是從山里來的。那是一座更小更不易抵達的小站，站前有一株老波羅蜜。夏天時，波羅蜜結果纍纍。山里車站的站長貼心地備妥一些，順便請區間車一路送給其他小站同事，瑞源便是其中之一。東部鐵道人員的小確幸，往往是這等野生小物的交換。

我當然好奇，此間是否會回報紅甘蔗。瑞源車站沒有果樹，只有常見的南洋杉高聳，一排光桐佇列，真的沒什麼可描繪的。如今因那位臉友的提問，出了站，那對無精打采的企鵝，全然地吸引了我的注意。

跟瑞源毫無淵源的企鵝，門口為何擺放一對，真的讓我百思不解。此事絕非現今文創的點子。端詳許久，覺得滑稽又無厘頭。忍不住去探問站務員，他有些靦腆地說，以前車站有一小公園，這對落漆綁著紅領帶的企鵝就規劃在裡頭。

瑞源舊車站，改建後，企鵝換地方站。

後來公園廢棄，他們決定收留企鵝，擺在車站前。畢竟小村裡的孩子從未見過此一極地動物。沒有任何特色的村子，找不到太多快樂夢想，至少還有這對看來簡單又有些憨呆的企鵝，在車站守候。

看久了，突然想起韓國孩子們心目中的人氣王，**Pororo**。據說只要小孩吵鬧不聽話，大人們就請出 **Pororo** 鎮壓。說也奇怪，小朋友只要看到牠，小惡魔瞬間變天使。人氣王太重要了，因而有了 **Po** 總統的國寶級稱呼。

瑞源的企鵝當然沒有這般神奇力量，相對於 **Po**，更沒感人的故事。這一對彷彿全世界最孤單，有些半遺棄狀態的企鵝，幾無任何魅力。

一切沒什麼可能，只好用企鵝這等非常態的動物來吸引目光，或者提示自己的獨特性。這招是否見效，我無法判斷，但至少有人跟我提到了企鵝。它們的寂寥佇立，意外地衍生出久遠的荒涼。

隨興在村子裡梭巡，有幾間民宿隱身，顯示還是有人來此宿泊，喜歡這等鄉間的安靜和無所事事。不遠的地方，還有水車和米廠。儘管這一古老的輾米事業停歇了，聽說殘骸還是縱谷碩果僅存的。不知有無遊客衝著它們前來，我一直想了解此間水車和北

部設計的差異。

探訪水車前，我還是對企鵝充滿好奇。它們毫無意義的具體身影，站得那麼理直氣壯，大概只有在這沒人在乎的地方才能成立。而自己和企鵝對望著，鄭重其事地駐足，看久了，彷彿也跟那企鵝一樣，都很疏離的存在。

但人生難得如此莫名，尤其在旅次道中。老實說，還真享受這種，說不上來的無聊和孤單呢。（2018）

池上

領頭羊車站

一早從台北搭乘太魯閣號，九點半抵達池上。心裡興奮地大喊著，太好了，待會兒一定要去不遠的市場，採買在地蔬果。

但下了月台，看到車站建築，還以為下錯地點。或者是，抵達了另一個國家。眼前彷彿不是熟悉的池上，或者其他花東村鎮，而是一座歐洲小城。

遠遠望去，車站是座木造穀倉的典雅屋體，前衛造型的鋼構支架恢宏地撐出。隨即，我又注意到，月台上擺置著一些彩色的動物泥雕。那是一位在地藝術家的創作，我好像走進一棟充滿藝術氣息的博物館。

緊接著，穿過長長的地下廊道，兩側牆壁依序懸掛當地畫作，同時聽到了，古典音樂的輕柔播放。樂曲如小溪淙淙作響，迴繞於立體的空間。我不自覺延緩了出站的腳步。

池上車站

轉個彎，長長的甬道通向剪票口，一如隱修院的長廊。抬頭一看，鏤空而雄壯的站體，以高大的弧形木架拱起。一根根如史前巨獸的骨骸，高貴地支撐著整個大廳。頓時，我又聯想起某一柏林車站。

設計的建築師到底是基於哪種構想，周遭環境又如何結合。出了大廳，我繼續回頭觀看。在連續好奇的問號中，一邊回顧起近十多年來，池上人努力跟土地學習。最後形成堅持開闊自然地景，搭配稻作栽種的小鎮美學。

他們不僅摸索各種友善農耕，同時還嘗試廣推藝文活動。如是一點一滴地積累，村民的生活價值和節奏才逐次蓄養。這座車站的完成，背後勢必與此緊密聯結，方能達成一個集體的強大信念。包括督促政府部門和鐵路局的配合，才可能把舊有站體徹底拆除，大膽地給予一個新的建築生命。

這等車站建築，不可能只倚恃足夠的修建經費，裡面還蘊藏著村民共學，一起陶冶生活的長期夢想。最終，鎮民都期待這個門面，把池上的現在和未來，全部烘托出來，進而又看到了過去隱隱存於內裡。

一個綺麗小鎮不一定會有好樣的車站，但一座美輪美奐的車站，往往會帶領你走進一

個改造成功的村鎮。在台灣想遇見如此優質前衛設計，或者飽含綠建築意識的車站，沿著火車環島旅行，還是會看到一些。但充滿藝術氣息，悄然結合地理空間的，池上無疑會是領頭羊。

驚喜的遙望中，不禁想起過去的池上車站，依稀記得往昔那棟，敷著白色磁磚的長方形水泥樓房。或許實用，卻如其他車站的無奇，缺乏建築美感。每次到達都毫無懸念快步直行，逕自走到對面的全美行買個池上便當，繼續上路。

許久未訪，我借了輛單車，到處遊蕩。一路有人認出，遠遠地跟我打招呼，「老師，好久不見。」「你又來了，這次住幾天。」又或者高聲喊道，「晚上去聽你講演。」很少小鎮居民認識一個作家，密集度如此高，或者知道你即將有一場講座。

池上人會認識，並非我在這裡經常旅居，或者做過哪些了不起的事。而是多年來此地固定有藝文活動，藝文訊息會張貼在街坊的布告欄。當地人早已養成聆聽講演和欣賞藝術表演的生活作息。

我只是其中一個小角色。許多知名作家和藝術創作者都來此駐足，跟村民展開密切的交流。每年池上稻作豐收時，更有不同的表演藝術團體到來，雲門便是常客。那是一

種村民和藝文的緊密互動，連海外遊客都慕名而來。

很少小鎮擁有如此自信和驕傲，敢於和整個台灣對話。如今火車站站體的出現，更突顯出這個必然的情境。比起其他台灣的小鎮，池上繼續超前，好樣地邁向未來。（2018）

東里

等待一輛小火車

花東線有些火車很少停靠的小站，聽聞許久，一直嚮往著。有的，還不是隱密地坐落，而是你根本毫無察覺。

且沒隔幾年，地形環境悄悄改變。在一個不可預期的日子，竟以意想不到的風貌開展，成為旅途上的驚喜。

年初時，東里便為我帶來一年如是的美好開始。最近有什麼值得眷戀的火車行旅，合該就是那天了。

那天大清早，頂著寒流，我和內人沿著花東線旅行，試圖邂逅所剩不多的普快車。這種慢速火車，車箱色澤如太平洋的深藍，西海岸已停駛。我們很擔心，再不觀看或搭乘，有朝一日單軌的花東線改為雙軌，或者電氣化時，它也會消失。

目前在花東縱谷，普快車一天平均不過兩班，大清早和黃昏時，才會出來蹓躂。

那天清晨，為了再次目睹普快車的風采，特別租車追尋。接近東里車站時，按火車時刻表，八點多即將有一班到來。我們像多數鐵道迷，打算選擇這段幾乎和公路並行的鐵道，等候它的出現。

沒想到，抵達時才發現，若是佇立鐵道旁，永遠等不到任何火車。這段路線已廢棄，車站也人去樓空，沒營運了。

這是怎麼回事？原來，火車早已改道。過去從東里經過的鐵道，還會銜接安通，再跨過秀姑巒溪到玉里。如今修建技術高明，鐵軌架高，不用彎繞進來。可逕自橫跨秀姑巒溪，筆直通往玉里。

兩年前，一座新站便在不遠的曠野，以現代屋宇建築的形式，明亮地高聳於田野之上。大剌剌橫陳的新鐵道，彷彿高鐵行經西海岸的氣勢。多數花東線車站，擠在鄉鎮不顯眼的地方。新站卻視野開闊，既可遠眺壯麗的群山，更能俯瞰周遭的綠野。有時我便有錯覺，彷彿走訪西部的某一高鐵站，可這裡又擁有高鐵站所缺乏的深邃地景。

但沒過多久，我們還是返身，去拜訪舊站了。原來，二十年前觀鳥時，常駐足此一月台。彼時端著望遠鏡，觀看秀姑巒溪雁鴨和稻田的情境，我始終懷有微妙的眷戀。

那時舊站依然忙碌，站長老是撞見我們這樣的人，買了六元的月台票，不搭火車，在月台一待，便閒晃三四個小時，到處尋找野鳥的身影。長長的月台前方是遼遠的蒼翠水田，許多雁鴨科冬候鳥棲息其間，不少在地留鳥也經常出沒。但站長難免提心吊膽，生怕我們帶來麻煩。我們這些不搭火車的觀鳥人，其實是不受歡迎的。

如今它廢棄了，也沒鐵路員工值班，我想坐多久都無妨。走進舊站，眼前的月台雜草叢生，鐵軌也是藤葉蔓蔓，延伸到遠方。據說這條廢棄的鐵道線將規劃成自行車道，從玉里延伸過來，連接安通和東里等小村。此一跨越秀姑巒溪的鄉野自行車路徑，勢必形成新的旅遊景點，媲美不遠的關山腳踏車動線。

我們走上月台散步，這回真是神奇了，火車不來，世界彷彿更加寬廣。望向新站，赫然發現此地西邊的中央山脈，竟有著台灣地理罕見的恢宏。以前觀鳥時，只在乎野鳥，無法單純地欣賞風景。如今才有所體會，中央山脈三千公尺高大的群山，彷彿是世界唯一的屏風，磅礴地矗立天地間。

再看四周，即將盛開的油菜花田，碧綠地環繞。一條水圳從中優雅綿長地蜿蜒。這些青山和那些綠野，一起拱護著新站。它的小巧秀氣，頓時有了更不可思議的清麗。

早晨天氣有些寒涼，等候的深藍普快，還有半小時才會到來。我們分開佇立，先前還因一時找不到車站，有些拌嘴。此時各自站在月台一端，只想聆聽，大自然為我們演唱花東縱谷的奏鳴曲。

天空時而有度冬的雁鴨結伴群飛，三兩烏頭翁在苦楝樹上呼應，遠方則有白腹秧雞苦哇地鳴叫。層層起伏的山巒暗灰疊翠，在薄霧中嶒嵷出更大的靜謐。

我在世界各地旅行，見過許多華麗的風景，但在台灣，很少看到如此無垠的綠野。頓時之間恍然體會，尋常熟悉的小島，找到對的時節和角度，滯留久了，也有深邃豐厚的靜美。

東里昔稱大庄，過去是平埔族移民花東的重要所在。清朝末年，他們在西海岸遭到漢人排擠、迫害，輾轉到此，發現這片好山好水後，想必有所感動，才會選定此屯居。

以前讀過許多牧師來此宣教的故事，還有日本老翁對此第二故鄉依戀不捨。那時還會

藍皮火車

困惑，東里是什麼樣的地方。如今站在月台上，書本沒給的答案，我這一短短佇立，彷彿都解惑了。

當我陶醉在歷史回憶裡，突然間，聽到了火車從遠方駛來的輕微喀隆聲。我敏感地抬頭，往南邊的地平線瞧去。等待多時的小火車，果真啌咚啌咚出現了。

一輛橘紅色的火車頭，拉著三節深藍車身的車廂，從縱谷南邊的地平線，緩緩現身。

不知是自己估算錯誤，還是它提早了一兩分鐘。我和內人有些措手不及，分立兩頭下，彼此呆望著。還好，我及時跟她揮手示意，一起望向它現身的方向。或許，就是如此倉卒，反而更珍惜那一剎的交會。

天啊！我遠眺火車最激動的一刻來了。鮮明的橘紅車頭，搭配著深藍車廂。那是紅妝嬌豔的春神，拉著一大片太平洋的海水，以曼妙的輕舞從容地劃過大地，讓枯寒的曠野刷出亮麗的色澤。

而三節的藍色車廂也告知了，這一班次大概是全台灣最短的載客火車。多數火車都是匆匆行駛過曠野，它卻像毛毛蟲般蠕動，正要停靠這不知名的小站。

當它慢慢駛進，我和太太也不知不覺彼此靠攏，緊繃的神經終於稍為舒緩下來。但我們繼續望著，期待著它的繼續啟程。

平時，這班火車應該是學生通勤搭乘為多，今天是元月一日放假，從望遠鏡細瞧，車廂裡只有兩三名乘客。不知車廂裡的人，今天要去哪裡？

沒多久，小火車又啟程，駛向玉里。此時濃霧迷漫的中央山脈逐漸明亮，田野上油菜花嫩葉的青綠愈加遼闊。在天色漸次開展的背景下，普快的素樸身影更加迷人了。

它繼續以醒目的橘紅色塊，載運著那太平洋的深藍，慢慢地滑向秀姑巒溪。我對這塊土地的喜愛，被這一駛出，更拉升得無以復加。

瞬時間，一道長長的幸福湧上。那滿足不只因為看到了小火車，在高山下緩緩行駛而過，而是還能跟最親近的人並肩。在寒冬的早晨，在自己出生的島嶼，共同望向一處壯闊的清麗家園。（2009）

玉里

賣蛤仔的布農婦人

玉里是花東縱谷最大的城鎮。走逛後卻發現，再大也不過四五條街的熱鬧，散步一個小時，差不多就有個梗概。

但對這個清朝時就逐漸形成小市規模的地方，我可不敢輕忽其菜市場的內涵。尤其是想到附近，散居著中央山脈的布農族部落，心中更是充滿畏敬，也好奇著市場跟他們的關聯。

果然，初回的拜訪裡，我發現好些閩客族群的小攤販，都能說那麼一兩句簡單的布農語，顯見消費族群裡，布農族應該不少。

賣野菜蔬果的，也有不少婦人本身即布農族。她們不諳市場法則，多半無明確攤位。可能一早採集個三四樣蔬果，便就著馬路邊的位置席地擺物，等候客人上門。

賣蛤仔的布農族婦人

我特別偏好跟她們打交道，總以為收穫會更多。今年暑夏，再順路到此，跟一位布農族婦人互動時，隨即帶來有趣的啟發。

她只帶了幾包貨物，蹲在一位客家小販旁。好奇地探看，髒汙赤裸的腳邊，還剩下兩包塑膠袋裝的蛤仔（溪蜆），正待價而沽。她會講一點台語，黧黑的臉微笑時，皺紋如龍眼樹的斑駁。牙齒則因長期咀嚼檳榔，上下排只剩一兩顆帶著醬油色澤，牙齦也像老菜脯般的深棕。

再仔細觀察她帶來的蛤仔，彷彿營養不良，大小不一，色澤幽晦不明。看到時，不免會對照壽豐一帶養殖的蛤仔。比如著名的立川漁場，那兒的蛤仔總是肥碩而明亮，閃著鮮黃色澤，因而被美譽為黃金蜆。眼前的蛤仔，跟黝黑的溪石一樣黯淡。但更加證明，這些蛤仔是從野地裡捕捉的，才可能如此大小錯落，不甚起眼。

「要嗎？一包四十元！」她用台語脫口，舉起一包，約莫兩個手掌大，上百顆溪蛤仔在裡頭。

我大感吃驚，怎麼這麼便宜？

騰出旁邊空位，讓她擠進來販售的客家婦人幫腔道，「伊都是在溪邊捉的。」那意思並非強調天然野生，而是在說，因為隨便捉來，所以俗俗賣就好。

我一看也知，絕不是來自水塘魚塭，大量以人工飼料餵養，而是擁有清澈沙質溪流的環境，才可能棲息。心裡估算著，這樣的野味一包賣百元都不為過，但老婦人顯然不懂行情。

「你今天帶幾包來賣？」

「四包。剩下這些，要嗎？很快就賣完喔！」她再問一次。

「妳每天都來賣嗎？」

布農婦搖搖頭，看我毫無買意，有些不想回答了。客家婦人又幫忙講話了，「伊有東西才來賣，並不是每天都有啦！」

我著實想買，但馬上要搭火車到下一站，手上也無任何煮食的工具，現下條件不宜，只好無奈地在旁邊讚歎。

客家婦人繼續勸說，好像是她在販售。按她的說法，布農族老婦是當天去附近的小溪裡摸蛤仔，有多少就賣多少。若摸不到了，下一回出現，說不定賣的就是野生香蕉了。

以前到外地旅行，看到老人在賣當地物產，都會設法購買一些，藉此活絡地方產業。但這回擔心蛤仔裝在水裡，攜帶不方便，也無法保鮮，只好割愛，最後只買了隔攤的野生芭蕉。

上了火車，才頓生後悔。我似乎犯了一個錯誤認知，過度以自身利益衡量事情。布農族老婦人仍舊沿襲過去族人和漢人打交道的方式，在城市討生活。她以自己勞動獲得的獵物，進行交易。但我不禁浪漫地想像，販售的不只是蛤仔而已，還有一種快消失的，採集在地自然資源的買賣文化。

剛剛光是跟她接觸，便獲益匪淺，且此生恐無幾回了。而我竟讓這樣珍貴的生活接觸徒然錯失，無法完成一個圓滿過程！

啊！不知何時，我才能再回來。屆時老婦人還在嗎？隨著自強號快速地北上，我的悔意愈加強烈。想到以後恐難再有這個機會遇著，對這趟暫旅程，悄然間，竟有了至深的扼腕。（2013）

光復

回到矮牆的年代

從光復站到太巴塱接近三公里，乍看有點遠。但天氣美好的冬末，半個小時散步，過了兩條溪，才有一愜意的暖身，部落便到了。

數百年祖居世代的老村，仍保有許多古老的部落儀式和器物。走逛時，我自是期待邂逅一些舊時建物，或生活遺址。哪曉得，三兩條巷子逛畢，多半是高牆林立的現代二樓公寓，一棟連著一棟，跟都會的漢人建築一樣。有些還以鐵絲網纏繞，生怕宵小翻牆潛入。

我的失落感不禁油然而生。半甲子前，走訪此地。家家戶戶都種了高大的麵包樹，甚而還有結果纍纍的毛柿，伴護著一間老屋。那屋子也沒什麼特別，只是黑瓦白牆之類不起眼的矮房。但住家門前，總有一寬闊的庭院，堆積著整齊的柴薪，以及吊掛著某些農具，正在曝晒一些蔬果。

印象最深刻的，還有每戶人家前面的那道矮籬。矮籬上的植物，多為桂花和七里香。到了花期，滿院生香，甚至溢出街坊，老遠就聞著。也有住戶爭取栽作空間，巧妙地種了食用的豆科植物和小苦瓜等，平常即可採摘。好些婦人便在矮籬旁忙著家事，甚至聊起天來。

矮籬只是裝飾，大人抬腳即可跨越。這高度是一道親切的界限，標明了自家住宅的範圍，卻也謙和地告知了旁人，自己是友善的。屋前的空地則歡迎鄰居，某種程度也屬於公共領域，自己是村落的一分子。

只是不過十來年，這些矮籬便少了。四下不見這類昔時舊宅，我難免對眼前的村子產生疏離感，好像在漢人的村落。正想放棄漫遊，忽地聽到，細微的緩慢歌聲，彷彿被陽光烘晒過一陣的被褥，散發著溫煦。

阿美族人集聚歡樂時，常以歌唱打發。中午時分，四下無人，何來歌聲，又是誰在唱歌呢？

咦？這不正是最近在縱谷耳聞的旋律嗎？但一時間，又記不得歌詞是什麼了？從聲音研判，可能是位老婆婆在吟唱。我當下停步，再仔細聆聽，彷彿就在前方不遠的轉

角。

我好奇地循聲往前，一個轉彎，赫然看到了一間久違的舊宅。宅前即有棵高大蓊鬱的麵包樹佇立在庭院旁，旁邊還有不少果樹。我的前方，還有一道及腰七里香矮籬。但更雀躍的是，舊宅門前果真有位老婆婆，坐在板凳木椅上。只是未見她做什麼，一個人孤伶伶地望著遠方，若有所思，卻又茫然地唱著。

到底她在唱什麼？我站在矮籬之外遙望著，不斷地揣測。經過一陣，老婆婆似乎感覺有人出現，側過頭，看見我。害羞地停止唱歌，困惑地望著我。大概很莫名，我為何會出現在此吧？我跟她招呼，她也微笑地伸出，跟我揮手。沒多久，沒多久之後，她又哼唱出聲了。

到底她在哼唱哪首歌呢？這回，經過了此一小小的停頓，從旋律的反覆，我終於想起了。那是一首當地歌謠，〈回到美好的夜晚〉，當地老一輩人家都非常熟稔。歌詞陳述著阿美族昔時的家園，外頭有綠色籬笆，庭院內種植著果樹，家家戶戶間毫無高牆隔閡，相互和善地往來。而某一晚，有人看到夜晚的星空很美麗，遂呼喚左鄰右舍，出來觀賞。大家高興地出來，歡欣地圍聚，一起唱歌跳舞。

晚近認識一些阿美族的年輕人，積極成立工作室，除了想要承傳文化，最重要的便是找回這等美善的部落風情。他們都很懷念小時，一群小朋友可以挨家挨戶玩耍，從一道道矮籬鑽進鑽出，連狗也跟著尾隨。

無奈的是，如今社區的街景跟漢人的已相似，諸多外來園藝植物充斥，水泥設施占滿庭院。愈有錢的人家愈偏好以高牆遮蔽，阻擋他人於外，處處顯現人和人之間的不信任。

啊，就不知何時，這個社區才能找回過去的價值，揚棄政府對原住民部落補助的揮霍，把世俗的石磚圍牆和鐵絲柵欄打掉。一條接著一條，重新改為矮籬。古老的部落再次和樂，有尊嚴地拾回過去的美好榮光。

我夢想著，這一天的快速到來。夢想著，一個遙遠的部落，被各種瓜果藤蔓的矮籬包圍。（2009）

阿美族祖屋

溪口

涼涼的廢站

車站要被廢棄前，我規劃了一列火車前往。

為什麼要去那裡，理由只有一個。你這輩子絕不會在此下車，也沒機會了。再者，為什麼能安排此次火車行程，原來台鐵在嘗試不同的鐵道之旅，我趁此機會探索一絲新的可能。

溪口跟其他車站很不同，接近時，地景全部消失。兩側盡是高聳的水泥堤防，老火車彷彿駛進時光機裡面。中途有一處缺口，火車停靠那兒。旅客循缺口的階梯上去，穿過無人的方格型水泥車站，前方即村子。

我們有十來分鐘可以滯留，但再多給兩小時恐怕也一樣。那是只有十幾來戶的邦查部落，什麼都沒有的小站。

溪口車站何以廢棄，可能是近幾年，常一整天都沒旅客下車，區間車的停靠猶若是一種儀式。每回都是列車長下來，左看右望，空無一人的月台，一眼望穿地平線。連手勢也不用擺，又上車，彷彿不曾跟這裡發生任何關係。

這是八年前的一次東部旅行，毫無生息的小站。然後，我想到了李維菁。

當時她的名字出現在這回火車旅行團的名單，讓我嚇了一跳。原本以為，她是隨團的踩線記者，為了推廣花東旅遊親身前來。豈知，這妹子是利用休假，找了一位友人陪同。她們堅持繳費前來，不倚仗記者的身分。

哪有這樣任性的，可她就擺明，想要刪除任何跟自己有關的工作塵埃，在這幾日完成一回乾乾淨淨的旅行。是的，什麼都不牽掛，只想當一名遊客。有了維菁的伴行，我旁邊彷彿多了一位橫看現實社會的女巫。導覽時，想到她高度的藝文敏銳性，還有花錢來快樂度假的強大理由。講什麼地方風物，不免有些許壓力。

那次的旅行，應該是維菁第二次回到中國時報工作。出發時，隨便三兩句關切，隱隱感覺她對既有的工作，再度產生厭倦感。不知未來要如何，巴不得遠離這個地球。

猜想她陷入工作或生活的瓶頸，這趟火車之旅應該是被寄望的。且是當下僅存，還有一些好玩活動，可以暫時解脫或散心。

我俗媚地以為，她會享受不被干擾的悠遊質地。喜愛自助旅行的女生，好像都可以這樣愜意。但那三天兩夜，從早到晚，維菁始終保持惺忪之神情，慵懶之狀態。彷彿不曾離開台北，甚至還沒離開家。花東只是家裡的陽台，轉個身，一個跨步又回到客廳，繼續抱著貓發呆，那兒便是全世界。她永遠不曾遠離。

後來翻讀《有型的豬小姐》，裡面有句話，說得真是篤定，「我膽子非常小，從來不能一人旅行，因為我不敢一個人住旅館。」

但我還是要回到那個叫溪口的小站。維菁穿長裙，戴大帽和墨鏡，慢慢走上去時，那座寬敞的階梯，似乎變成了一千階。她是五〇年代的茵哈絲，站在陌生的異域，涼涼地看著，清楚地享受自己的單純。

我很擔心她不滿意這趟旅行，貼心地過去探問。「不會啊！就這樣也好！」人生呵，在哪裡都不重要，對她來說，就這樣。她可真是坦白，我尷尬地苦笑，好喜歡這位妹子的率真，溫暖藏得很深的世故。比任何人簡單，理直氣壯地詮釋一切。

溪口車站，2015 年拆除。

下一回去溪口，真的，我會想起維菁，為什麼，因為她跟那裡一點都沒有關係。都已抵達了，彷彿也沒來過。而她走上去，疏離地看到了一些香蕉、苦楝和麵包樹，低矮的圍牆和樹籬，還有一些堆木柴的二樓平房。偶爾有一隻狗躺在路上，或者路人無聊地直瞧著你的出現。

這裡可以是全世界任何偏遠的寂寥之地，也可能是台北車站，但對她而言，都只是一個月台。她繼續是完整的自己。

後來的時日，在台北，我和維菁有很多聊天的時間和機緣，可能比多數人都認識她多一些些。但記憶最深刻的，還是這趟鐵道旅行。她失神地站在溪口，想著如何離開，又不想回家。也不知，要不要讓火車過來接她。（2019）

花蓮

迷人的播送

花蓮車站翻新了，充滿現代感和前瞻性，整個花東彷彿此後都要走向另一個世界。

但那天走進大廳，我卻有些眷戀地望向左邊的服務中心。所幸那老位置還在，牆壁裝潢也完全相似，只是工作人員變成兩位年輕的女孩。我走過去，她們禮貌地微笑，我不禁好奇地探問，「以前有位來自吉安鄉的女士，專門在這兒廣播，不知她還在否。」

車站服務中心除了提供資訊，也是車站廣播之所在。但她們面面相覷，似乎不太清楚。轉而詢問較資深的工作人員後，迅即帶回具體答案，「那位女士已退休。」

我繼續抱著一絲期待，「那你們還會用阿美族語現場廣播嗎？」

年輕的她們繼續和藹可親地笑著，用力搖頭。

我有些失望地回到候車椅呆坐，等待北上的火車。但腦海頓時回到了七八年前⋯⋯

有一回初春，在花蓮等候北上火車。因為時間還久，我到處東張西望，無聊地觀看周遭旅人的進出。在東部的車站搭車，到處可遇見原住民，花蓮站亦不例外，大廳裡即有不少人來去。從衣著、語言和外貌輪廓約略可分辨。

我一邊觀望，耳朵也不得閒，只要有廣播聲，都會好奇地聆聽。每一輛火車進站，不論北上南下，大廳都會響起廣播聲告知旅客。而我們聽到的內容大抵類似，不管進站或出站，都是國語、閩南語和客語接連播送，有時還加上英文。

但那天在花蓮站，有一班即將南下的列車快要出發時，除了四種語言，還有阿美族語。我因那聲音才注意到，服務中心有位穿著制服的女站務員，正坐在廣播檯前。

為何這班南下的列車才有阿美族語，其他都用四種制定的語言播出，我好奇地走過去探詢。這位約莫四十開外的女站務員笑著看我，有些訝異卻高興地說，「你怎麼會問這個問題？」

聽語氣腔調，似乎在說你問對人了。我繼續確認，剛剛的阿美族語是誰唸的？她俐落

花蓮舊車站

地回答，「是我唸的。」

我有些驚喜，隨即探問，「你為何剛剛才播，其他時間不播？」

她聽了，更是笑不攏嘴，「因為剛剛看到一群鄉親走進月台，我看她們的打扮穿著，還有走進去的時間，確定應該是要搭南下的這班列車。這班會停靠比較多站，她們不一定聽得懂國語，我覺得應該廣播，講多一點母語，讓她們清楚列車的情形，因而主動播報了。」

她再次強調，「平常是不隨便播的，而是看狀況。南下時，因為是回家，更需要親切的鄉音來安慰。」

我還是有些不解，「那北上為何不播報呢？你們也有族人要往北啊？」

她隨即回答，「北上已有四種語言，每一種廣播都有要一分鐘，四種加起來就不得了，我再用阿美族語，一定更長。假如列車在行進，廣播太長並不好。」即將有一班自強號列車要從花蓮出發，中途經過很多站，終點是高雄。她當下試著只唸國語，複誦了一回，約莫接近一分鐘。

站務員叫徐秀琴，好像是吉安人。此時站務繁忙，好幾個班次要出發，她也不貿然廣播，免得造成混亂。若是車班間隔較空，她才會娓娓敘述。

我覺得甚有道理，但還是萌生一個不同的看法。希望日後更進一步，花東往南的列車，將來都能廣播阿美族語，甚而在不同區域播放合宜的母語，譬如在知本，或許應有卑南族語，搭配國語和台語。在玉里時，可以適量加入布農族語。

我浪漫地想像，這會是最迷人的播送。東部的多元文化，藉由火車的奔馳，語言的溫暖，帶出更多樣的繽紛和璀璨。（2016）

東澳

擁抱飛魚里海

不知名的粉鳥林漁港，坐落於東澳灣南陲一小角，若非蘇花改，知曉的人恐怕更少。

六月底大清早，我在那兒觀看漁獲處理。海灣裡有三個定置漁場，各家擺放大小形式不一，收穫自是不同。非颱風季節，每天早晚大抵有兩趟的撈捕。第一趟約莫七點半，一大早在定置網漁場作業的小漁船陸續歸來。此時飛魚季已近尾聲，但我看到第一艘進來卸貨時，飛魚仍堆如小山高。

除了飛魚，撈捕上岸的還有水針、魟魚、旗魚、鬼頭刀、炸彈魚，白帶魚、鮟鱇魚和虱目魚等繁多種類，但數量並不多。此外，或許是季節關係，透抽、軟絲等軟體動物更加稀珍。

許多人在等候。城裡的商家早有專車，準備整箱整桶載走大宗魚鮮，內行者也飛快出手，想將零星的海產搶購一空。但縱使像我這樣毫無經驗的，當下還是能買到不少好

烤飛魚

物。一艘船靠泊卸下漁獲，不過十來分，溼漉漉的碼頭僅剩下較無人喜愛的河豚和鮣魚橫躺。河豚沒人愛，在東澳只有一間餐廳懂得如何處理。喜愛吸附鯊魚身上的鮣魚屬於雜魚，多半當飼料。

海灣裡的三個定置漁場，都是漢人掌握。他們擁有大筆資金添購諸多捕魚器具、冷凍設施，加上雇請勞工、租用碼頭等等。東澳東岳部落的泰雅族人雖然緊鄰海岸而居，但絕無這樣雄厚的資金和經營能力，只能跟漁家購買現成的飛魚。

東岳部落主要有兩個族群，百年前從南澳一帶深山移居到此。第一支塔壁罕，遠在清末時發現此地平野開闊適合耕獵，但日治時代初期才移居前來。第二支哥各朱面臨人口增加，山上生活不易，同一時期北遷。四〇年代初，兩個族群合併成一個社。

東岳因遷移歷史較早，加上地理位置偏北，相對於南澳的泰雅部落漢化明顯。部落族人擔任公職的比例，也高了許多。其他南澳部落多半在戰後下山，對山上的生活猶充滿懷念。東岳或許還擁有獵人文化，但更著眼於現有生活產業的經營和規劃。只是人口外流嚴重，耕地荒蕪，不易自給自足。

目前我們所認識的飛魚捕獲主要在蘭嶼，甚而是透過長達半年的飛魚產季，努力理解

達悟族深邃的海洋文化。泰雅族過往的飲食裡，並沒有吃海魚的習慣，何況是飛魚。晚近十多年，東岳部落發現，東澳灣每年五六月有大量飛魚過境，或可成為新居地的重要產業，因而開始了飛魚的摸索。

在粉鳥林漁港捕捉上岸的飛魚，二三十公分長度的較多。買賣依重量，族人購買偏向巴掌長度的。何以如此，主要是考量大小是否合宜掛烤，同時適合消費。飛魚體長若大，價格高，不易販售給遊客。

蘭嶼一帶主要是晒飛魚，這邊則以烘烤為特色。東岳部落買回飛魚後，先以利剪去掉狹長的魚翅、背鰭和魚尾。緊接，再由肚腹往上開腸，直抵魚頭。剖肚去鰓，內臟移除後清洗乾淨，往肚皮內抹鹽。魚皮本身不吃，無需處理，烘乾剝皮時連帶把刺取走。繼而，以S勾穿過飛魚頭部，逐一掛上烘爐，懸掛在方格鐵絲包覆的鐵爐，下方有柴火燒烤。

東岳人開玩笑說，蘭嶼有九個太陽，適合晒一夜干。他們只有一個半，因而必須靠炙熱的鐵桶烘烤。柴火取自附近山區林木，切段堆置鐵桶下燃燒。烘爐旁必須有人專門看顧。天氣好時，工作十至十五小時。看顧者不只監測柴火，還要不斷換取飛魚乾的位置，讓魚身平均受熱。達到乾熟又帶點柔軟，且隱隱散發魚香，方告完成。他們自

詡，東澳的飛魚有柴燒之味。

從初時的自己食用，繼而形成產業。走進部落的巷弄，或在湧泉遊憩區的小攤，都可看到此一烤飛魚的鐵桶。但現場販售的數量並不高，多半包裝為禮品，烘烤好的可以保存一年。

東澳飛魚成功地走出特色，如今成為車站前廣場的地標，突顯了自己和其他泰雅部落文化的差異。多數南澳泰雅部落繼續強調里山特色，承傳老祖宗的山林狩獵文化。但這個偏北部落，因了環境變遷，出現美麗的生活轉折。短短不到二十年，竟跟著飛魚走出里海的可能。

緊鄰車站的部落工作坊，如今便是學習認知飛魚的起點，從這裡走向粉鳥林，遠比回到南澳的山巒近多了，但離過去，恐怕也會愈來愈遠。（2019）

飛魚

羅東

蔥餅的人間滋味

羅東夜市素負盛名，東部當屬第一。

猶記得半甲子前服役海軍，軍艦靠了蘇澳港，舉目盡山，四境荒涼。凡我等海軍弟兄下了船，巴望地就是要到羅東夜市走逛，感受熱鬧的人潮。同時好好吃上一頓庶民小吃。

年紀大了，每次在此轉搭火車前往花蓮，若有空還是會走進裡面，除了感受熱鬧氛圍，買果物購農具皆得宜。前些時又一回，再鑽進這處中山公園邊的喧囂街衢。雖說是白天，商家尚未麇集。唯人潮一波波如浪湧的到來。依此可預知，愈夜想必愈是繁華。

走逛一圈後，我停駐在一家販售蔥餅的小攤前。被它吸引的原因說來真是俗媚，竟是攤子前張貼諸多美食節目的報導。還有，排得長長的買餅人龍的魅力。

這時離普悠瑪到站仍有一小時，我尚未進食，絕對有充裕時間，加入這一等候的隊伍。嘴饞心動下，毫不猶豫地便側身於排隊行列。

台北公館水源市場旁有一蔥餅攤，甚是聞名，下午開店也常大排長龍。它的蔥餅多半拍壓得扁圓，如大號貝果。麵粉裡不過多添加一些蔥花，就吸引諸多人潮。羅東的包覆卻圓滿如一個茂谷柑，不僅外貌豐盈，內餡盡是三星蔥和豬肉，一個才三十五元。

排了五六分鐘，前方還有六七人。我不時轉頭，觀看旁邊賣糕渣和卜肉的攤子。以往未見過現場的製作，不免好奇這兩種宜蘭特產，老板如何調理。結果一個不留神，再回頭時，前頭插進了一位中年婦人。

她的前方是位一對情侶，原本我排在他們後頭。正待抗議，卻見她雙手插腰狀似凶惡，不甚好惹。我想就這麼一位，若為了一個蔥餅，跟她起爭執，惹得眾人圍觀，徒增笑柄，乾脆不計較了。況且，後頭的人也未吭聲呀。

怎知這一姑息，事情竟不可收拾。旁邊不斷有這位婦人的朋友靠過來，拿其他食物給她吃，一會兒鹽酥雞一會兒糕渣，順便並肩聊天。整支隊伍被搞得紛亂起來，此一情形若在台北的夜市，恐怕早引發公憤了。

我無聊地開始估算，一個蔥餅的製作時間。大抵上，一個蔥餅從擀皮完成，接著摻入蔥花和肉餡，再放到熱油鍋裡半炸半煎，約莫五分鐘。還好，很快就輪到她。但她一開口，我再次呆愣住。

她一買就是十二個。

我一聽當下臉色沉如鉛塊，後面的一對情侶也是。只聽其中的女生刻意大聲抱怨，「這樣要等多久啊？」

我聽了，當下暗自稱爽。那婦人卻故意當耳邊風，繼續跟對街的友人笑鬧。這鍋子裡一次只能容納四顆餅。有一人專心油炸，另外兩人忙著包製。

我再盤算，一輪蔥餅完成油炸，換到我時，少說還要一刻多。為了一個個小小的蔥餅，如此辛苦等待值得嗎？原本想放棄，回頭看隊伍，又排了十來人，我還是第二位，怎可輕言放棄，於是繼續忍下去。

終於又等到老板把一個個蔥餅放進紙袋，眼看逐次放進八九個了。路上一位身障人士騎著電動代步車過來，在馬路上朝老板喊叫，「帥哥，我要兩個蔥餅。」

老板顯然認識他，但看到中年婦人買這麼多，造成隊伍排成長龍了，有些為難地回答，「很抱歉，大家都在排隊，恐怕你也得等了。」

結果那婦人插嘴道，「沒關係，我這邊再多買兩個。」隨即又掏出七十元請客。

排隊的人都聽到了。她雖深具同情心，可卻是建基在犧牲我們的時間。我心裡自是反感，同時擔心後頭的人聽了不高興，會引發衝突。豈知，事情非我所預料，整個隊伍竟無人抱怨，連那對情侶也不吭聲，都願意讓這位行動不便的在地鄉親優先購得。

當下買蔥餅的人繼續保持原樣。我甚感驚訝，沒想到一群陌生的人都能齊心體諒，同情他的狀態。或許這是小鎮最可愛之處吧，若是在都會地區，恐怕會有不同的狀況。

輪到我時，已經足足站了半小時。等一個小小三十五元的蔥餅，居然花了這麼長的時間，自是感觸良多，我捧著蔥餅走進公園，坐在老火車頭旁靜靜地吃著，享受著這一個等來不易的食物。

邊吃邊回味，剛剛緊繃卻和善的畫面。突然間覺得，這個蔥餅，啊，真是好吃。（2009）

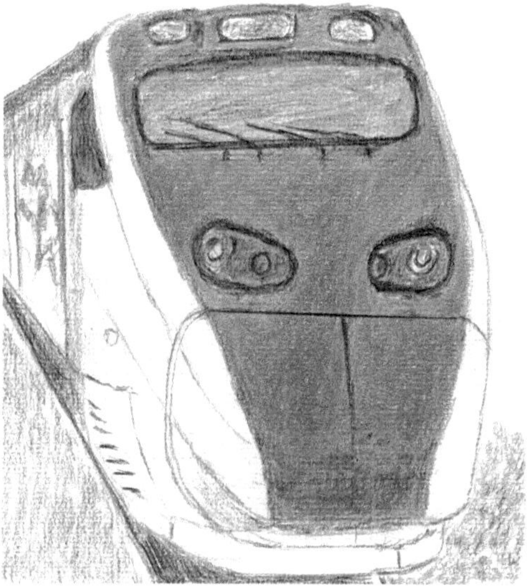

普悠瑪號

二結

阿嬤去看戲

在宜蘭站，轉搭區間車到二結。

五分鐘後，包括我，約莫六七人在此下車。他們毫無懸念，隨即走上天橋，下抵對面的車站。

站務員正巧在月台執行任務，等候北上列車進站。我相當好奇是哪一型號，因而繼續滯留，結果是輛一九九七年韓國造的 EMU500 電聯車駛進。

電聯車停靠後再駛離，月台上多了三個人。站務員直接走公務用便道，回到辦公室。我按旅客規定走上天橋，準備出站，前往市區拜訪友人。

甫下天橋，一位旅客從月台對著出站的方向大喊。我回過頭，仔細聽，確定她在呼喚站務員。內容大概如下，「這裡有輪椅嗎？我媽媽走不動了，能不能幫忙一下？」

我遠望月台，是位大嬸在喊話。她的後頭還有位女士，攙扶著老態龍鐘的阿婆，緩緩移動中，看來難以走上天橋。

站務員從辦公室現身，當下表示沒有輪椅。他建議阿婆累了時，可以在月台的座椅休息，再慢慢走過來。等一下也不用上天橋，沿著月台緩緩走下，直接跨越便道。他會過來帶領阿婆出站。

三四年來，台灣不少小鎮都因地制宜，設置了電梯。有名者諸如二水、清水、三義、鹿野、楠梓和保安等。這些小鎮人口約莫兩三萬，甚而一萬不到。有此無障礙空間，除了方便當地老幼婦孺進出，相對地幫助了行動不便的旅人前來遊玩。

這些小鎮設有電梯，我們自可想像，台灣更大的城鎮勢必也都有此一升降設備。因而全台各地車站晚近若跟過去有所不同，除了建築體本身改變，電梯的增設恐怕是重要的變革。

但像二結這樣只有二三站務員的三等站，較不可能有電梯規模。以前一些重要小鎮，雖說沒電梯，月台至少設計有升降踏板，甚至備有輪椅，只要提早通知站務員，都能協助身障的旅客，輕鬆地通往車站大廳。

兩位中年婦人不只攙扶著阿嬤，還拉著一輛手推車的行李。站務員過去接她們慢慢走過來。我一邊看著，一邊忖度，看來連這類三等小站，日後都該備妥輪椅，甚至規劃升降踏板，好讓行動困難的人方便來去。

等她們走進大廳，我好奇地探問，怎麼會在此下車。她們回答，待會兒要去王公廟看戲。這裡離王公廟還有近一公里的路程，若沒友人接應，如何前往。我繼續關心著，結果她們決定搭乘計程車。

我建議請站務員幫忙，她們很快聯絡上。但鄉下地方，計程車不容易呼叫。半個多小時後，才可能有車。等待中，我建議，既然造訪，何妨考慮車站旁的二結穀倉，現在是稻農博物館，還有餐廳，繞個彎便可抵達。她們反問，我要去哪裡，我回答要去離王公廟很近的地方。她們熱情地邀我順道搭乘，我當然高興，但習慣走路了，還是婉謝。

接下，我不禁好奇再問，她們從哪裡來。原來是對姊妹從花蓮北上，想要陪媽媽看戲。小時都是媽媽帶著來宜蘭，現在換她們完成媽媽的心願。同時，藉此機會出來旅行。

母親與妹妹

眼前對著我微笑的阿嬤，八十有六，儘管走不太動，但氣色紅潤。這麼大把年紀，女兒還願意花一整天心力，帶她輾轉出遊，從花蓮到羅東，再搭區間車。這等體貼又不怕操勞的孝順，為人子當如是。

我旋即聯想到媽媽，許久沒帶她去搭火車。下次或許該安排一趟海線之旅，帶她回龍井老家了。（2018）

遇見一百分小店

從食安角度，在小城鎮想要遇見心目中完美的食攤，委實不易。但在各地走訪裡，難免會遇見幾家，隱隱都有這麼一個雛型。

前些時在頭城傳統市場，尋找消暑解熱的冰店，赫然便邂逅一間。起初，只是想吃米苔目，但現今的食材，幾乎是工廠大量生產為多，裡面的米食成分，總不盡人意。此間六十多年老店卻不然，以在來米舊米磨漿，手工攪拌，製成淺白色粉條，好些都有著纖瘦的老鼠尾巴樣。

能夠吃到傳統道地的粿點，自是感動。一邊享用，當然也樂得跟老板探尋食材的內容。其米苔目因未添加防腐劑，當日就得吃完。若未賣光，依在地生活習慣，泰半自煮絲瓜搭米苔目食用。

這類小城鎮販售粿食的店面，也不可能只賣一種，旁邊往往會擺出其他點心。隨即，

我注意到另一個食品，粿仔粿。傳統市場的粿仔粿，泰半取材食用黃色四、五號色素，染出亮麗的光澤。那攤上還剩兩盒，卻呈現少見的濃郁外表。

如今重視食安，不少人恢復古法，選擇梔子花果實做為染料。但眼前的色澤明顯也不是，不禁好奇地追問。老板指著吊掛在牆壁上的兩包中藥草，上頭寫著槐花。

槐樹是高大喬木，廣泛生長於亞洲大陸，並非本地樹種。春日含苞的槐花花蕊可做食材烹調，或運用為染料，增添食物看頭。我們常吃的傳統點心諸如鹼粽、粉粿等食品皆可摻入。

老板何以能獨具慧眼，擇此植物染料，我自是好奇。從而注意到，店面懸掛著兩張醒目的解說牌，猶若神荼鬱壘。一張介紹如何認識白米色澤，還有純米食的重要性。另一張介紹硼砂和防腐劑對健康的影響，以及摻雜於食物的可怕。有此對牌，除了提醒消費者應該注意食安，明顯地亦是對自己的惕勵。

既然已問到核心，我便咄咄追探一些製作過程。關於食材的尋找、製作的辛苦，還有不斷實驗，最終成功的興奮。老板也不嫌嚕嗦，快樂地跟我分享。食安這條路唯有堅持久遠才能成功，他和妻子長年茹素，一直謙稱自己仍在學習。

頭城車站

傳統粿點的製作，不會只有一二食材是關鍵，而是每一道環節都得合乎衛生食品的要求，其標準頗高。小食攤若嚴格檢驗，當然還有些可挑剔。譬如食材來源恐得更加詳列清楚，周遭環境要整理得更為清淨。但它展現的信念，已綻露一個美善的開始。

當我喜歡一道食物時，總想清楚了解，到底自己吞下肚腹的，是怎樣來歷的內容。這樣的小食攤自我要求高，樂於和消費者對話如何吃得健康，當然是心目中的好店。

最近自己在自家社區也不斷拜訪，透過平常的飲食消費，想要製作一張友善的餐飲地圖，希望儘早完成，跟周遭鄰里分享。我期待，台灣每個角落都有這類小店，擁有自發信念，針對自己的食品，找到合乎衛生安全的製作過程，做出精彩的品牌。消費者是很精明的，尤其是食安意識高漲後，這方面的警覺更強。前些時，老家附近一家老牌三明治出了狀況，很多人從年輕時買到大，如今都斷絕往來。

做為消費者，我們不能只靠衛福部，有時還得有些基本認識，憑藉各種資訊，在日常生中嚴格審視。平時積累的功力，旅行時正是發揮的最好時機。（2016）

外澳

只有老樹陪伴

外澳車站快九十了。不知何時，所有的站房都關閉。只剩下候車室，空蕩了許多年，一棵老樹陪伴著，遙望著深入坪林後山的石空古道，甚而是綺麗得發亮的坪溪山徑。

倚靠車站的老樹是棵雀榕，腰圍龐然，六人牽手還不足以環抱。陌生的旅人初次到來，出了月台，看到咫尺般的高大，還有佇立的位置，想必都會驚疑。

荒廢的候車室裡，還有好幾扇空窗。老樹就緊靠著其中最大的一面。從室內望出，暗棕色的軀幹塞滿窗口，形成相當詭譎的畫面。

有一回，坐在洗磨石子的候車椅，愈看愈是入味，腦海竟浮升野獸派用色大膽的錯覺。那種藝術表現，彷彿大自然在此開了人類一個小玩笑，以此等超現實的的荒莽奇景，嘲諷當代人追求自然的風潮。

雀榕若要繁衍後代，多半是靠著鳥類食用其種子，再經由排遺，傳播到他方。榕籽善於黏附他物，自行發芽生長，絕少人會刻意栽種。這棵老樹，宜蘭縣還有造冊列管，歲數和車站相仿。我因而好奇，當初是如何長大的。

雀榕這一家族，一般人都懷有敵意，擔心它們太接近屋宇，鑽屋掀壁，毀了住宅的基礎。因而還未成長前，往往遭到鏟除。現在流行生態觀察，但感情上，好些自然老師也不喜歡它，視為可怕的纏勒植物代表。有些樹身若長出雀榕，總會想辦法去除，免得傷害了宿主的正常生長。連住家環境也一樣，視為洪水猛獸般的生物。

雀榕能以老樹碩大的身姿出現，多半在遠離住家的環境。以前邂逅的雀榕，因而總在土地公廟旁，或者平野的林間小徑為多。

這棵會在車站旁葳蕤長存，頗教人好奇。最初在此看守的站務員，望見是小樹時，想必不以為意，才能允准它如此自然生長。怎知日後卻駸駸然，成就了這般的大樹風範。而當外澳淪為招呼站，人去樓空時，它便成為唯一的見證，甚至是車站的地標了。

外澳車站的地址是濱海路二一七號。循石階而下，站前是濱海的台二線，砂石車和私

龜山島

家轎車常急駛而過。跨過馬路，廣袤的太平洋開展為心曠神怡的地景。龜山島在不遠的海上，鮮明地坐落著，更添增詩畫的風采。

夏天時的外澳總是熱鬧許多，不少衝浪的年輕人專程搭火車來此戲水。但春天，常常只有一二位擔著米籮的老嫗老漢，按著以往的生活步調，固定在此進出。早上出門近午回來，他們能挑的就是從外海捕回的一些海產漁獲，藉著火車的運輸，擔到內陸的城鎮，做點小生意。

有一回，在這兒拍攝老樹，剛好有去頭城看病的阿嬤進來。她看到我對著老樹猛拍照，遂停下腳步，喃唸道，「這欉仔，細漢的時陣，我們都有來爬，沒想到現在嘛老矣！」

也不知，她想表達什麼。或許是看到有人注意，就順便提及吧。

北宜線有好些瞭望龜山島和看海的車站，只有這一座是無人的，卻有大樹。這樣的情境，容易激發什麼孤獨和流浪之類。一些年輕人還會把這種感覺往右邊的堤岸延伸。順此方向信步，那兒便有好幾家現代的民宿和咖啡屋，努力營造地中海風味。

我通常只走到馬路對面的海堤，安靜地吹海風，望著退潮海灘大剌剌地裸露著黯黝的岩礁，然後又回到候車室。

偶有幾回，從石空古道下來。那是三天兩夜的走路，重新體驗古人在北勢溪一帶的拓墾，又或探查附近的自然生態。

外澳是進出的樞紐，我習慣在此把整個淡蘭古道收攏，像漁網之曝晒，準備下一回的出發。（2012）

貢寮

老街起步走

或許是離火車站稍遠，淡蘭古道也忽略了它，貢寮老街因而氣若游絲。

四五年前走訪時，只記得頂街有間雜貨店，切割豬肉的烏心石大砧板仍擺在外頭，上面放了稀少的瓜果。對面傳統理髮店繼續按時開門，剃頭刀和各種工具擺得整整齊齊，六〇年代的磨刀牛皮仍吊掛著，但不知何時會有客人。

兩種年華老去的沒落，隱喻著過往的繁榮。老街中途稍有人氣。蒸籠店早上有熱騰騰的包子販售，季節對了時，刺殼粿也會出爐。郵局是這裡的交流平台，光影熱絡交錯，大家會集聚在這裡跟全世界連結。

除此，兩百公尺長的老街，人口不及一百，二十人左右是獨居者。七十多戶裡，三分之一是荒廢的空屋。若有聲息，應該是家裡的電視為多。跌到如此谷底的貢寮，我以為無法翻身了，只能眼睜睜看著所有長輩逐一離去。再過幾年，連郵局也失去功能，

草嶺古道

進而歇業。

地方政府並未忽視這個狀況，過去曾再造，努力想帶出可能。但欠缺商家和人潮，沒幾年只剩精緻的石磚路面，映照著蒼涼的空屋，什麼都放棄了。

直到最近，再次走訪，隱然看到一些未來的美好曙光，雖說相當稀微，但還是想敘述一番。

首先得從一間獨立書店談起。它坐落的老屋舊名「林榮豐米店」，過去確實是米商，本地首富住家。後人離開後，屋宅逐漸傾圮。市府城鄉局委託中部發跡的范特喜微創文化來此協助，先跟其後人諮商。再根據歷史特性，駐街創生。

建立一間有機書店來營運，如今是該團隊在偏鄉最常採用的模式。藉由這類無人亦可營運的書店，公部門與地方居民、社區發展協會，或能找到另一生活的文化連結。

此間亦然。一進門擺列著許多舊書，但都不販售，而是以書易書，歡迎旅人帶來交換。但小學和國中都離此有段距離，老街只有銀髮長輩。進出這間書店的，一天恐不超出十來人，但它整天敞開著。

旁邊有間和禾生產班，貢寮傳統水梯田在他們的引領下，早已走出里山情境。我們家是長年的耕作支持者，因而還算了解運作情形。他們在老街有此駐點，連結書屋，那意義超越了一加一。

我在街尾遇見書屋負責人 Leo，那時正在觀看三層樓的雨布丁老屋。這棟屋子位於街尾邊間，一樣有塌陷漏水之虞。獲得屋主同意整修後，目前成為咖啡小鋪，有位年輕的藝術家進駐，裡面還有座窯烤之爐即將完成。有此店面，總覺得未來可以嘗試不少事。對面則是新成立的木棉紅長照關懷據點，十幾位老人在那兒學習養生和共餐。

此時一輛白色的小貨車開進來。那是統一小蜜蜂，外觀看起來像冷藏的貨車。但打開車廂，赫然是一超大行動冰箱販賣部。車廂貼的目錄，列出鮮奶、豆漿、果汁、布丁和優酪乳等琳琅滿目的產品。

這類行動販賣車在各地奔走，多半不會主動招攬客人，幾乎是固定到一處老地點，等熟客上門，販售的飲料比超商和賣場便宜。聞車到來，不少老人拄杖現身，街巷頓時熱鬧起來。聽當地人說，早上固定還有菜車、豬肉車等駛進。

對了，頂街還有一事，值得廣為稱頌。有家小醫院，門面並未掛招牌。那是一位台北

來的中年醫師，在此落腳生根，開業看診。二十年了，如果無此醫療，生病的長輩都要遠到澳底，老街真的會奄奄一息。偏鄉仁醫不多，如此發心者更少，實為傳奇一椿。

最讓人期待的，或許是淡蘭古道的再聯結，大面向地活絡老街。貢寮昔時即古道必經之地，但一般都循車站前的公路，從德心宮走往草嶺古道，並不繞進。其實，老街的坐向直通桃源谷，古道如蛛網，北台灣水梯田農家的精華集中於此一郊野，值得漫遊者來去。

Leo和我因而有一美麗的旅遊想像，譬如在此書店樓上，設法規劃一處適合下榻的山屋。其他適合的空屋或可比照，吸引旅人由此前往淡蘭北路的每一條山徑。但這要政府部門的協助，解決民宿法規的某些障礙，才可能讓老街活化。

淡蘭古道未來若有新意，應該也是在這樣的立基點，持續深耕。但一條老街自己的故事還是得有機地繁衍，一則接著一則的發生和積累，才是持續的資產。幸好，這方面也一直被珍惜、實踐著。（2019）

雙溪

遊市集搭小巴

假日清早，不管哪個季節，佇立在雙溪火車站前，總是洋溢著旅行即將美好的氛圍。

像我這樣毫無計劃的更能感受。只要朝前方的市集瞧個片刻，聽聞喧囂的聲音，甚而呼吸到人群所擾動出來的氣味，整個人就像冬眠的熊醒來，找到了今春的第一道蜂蜜。

在此淡蘭古道中途最大的小鎮，約莫有二十年，我習慣從這個驛站出發。不管遠到柑腳、泰平等偏僻山區，或者踏訪卯澳、香蘭等東北角漁村，都是合宜的選擇。縱使只是單純地搭車來買菜、逛街，一旦消費了，好像就能遇見多樣的驚喜。

梅雨前夕，我又去了一趟。驚蟄時節賣的蔬果，主要有菜豆、蒲瓜、芋梗、隼人瓜，以及各種色澤的古早茄。瘦小的綠竹筍少許，北部正宗的烏腳綠比例似乎最多，隱隱欲躍升為此地特產。不同款式的地瓜葉，野地的空心菜往往也會湊趣其間。最教人玩

味的，還有天然溼地的過貓和菜豆嫩葉，阿嬤會以草桿綑綁成堆。這等淳樸之風，鄉下市集總是會遇到二三。

更早一個月，我記得，那是木耳和桂竹筍盛產的時日。若再提前，便是梅花蘿蔔、短腰芥菜和長桿茼苣，甚而有最肥碩的香菇到來。秋末則是山藥、蓮藕、地瓜和茭白筍等當道，瘦小的基隆山藥，挾著特有之名，尤其值得搶購。而夏日時豐厚的絲瓜、南瓜和冬瓜等，顯然還未到尾聲，仍有野薑花作伴。

概言之，每個時節，來自周遭山區的小農總會端出當季蔬果。至於藥草，一樣會有奇妙的邂逅，筆仔草、走馬胎等彷彿是地方名藥。失落的野菜同樣不勝枚舉，等待我們的不時撞見。

買久了，好幾位賣葉菜的阿公和阿嬤都識得。他們在哪個地方栽種，也略知底細。一如其他小鎮的傳統早市，這些小農才是市場的主角。每個季節拎著不同的蔬果到來，跟你述說不同葉菜的種植經驗。每次去若不掏錢買個一二，日子彷彿要被糟蹋。

搭火車來此買菜，就是有這種無從敘述的喜悅。跟你在城裡走逛市集的況味截然不同。找對小農，不僅見識新奇的物種，經常還有農作的學習。縱使只是常見的蔬果，

雙溪渡船頭舊址

因為來自個體戶的栽種，醜一些小一些，但那些略微不同的外貌，隱隱都有通向不同物種源起的密碼。

我彷彿在買菜，其實花更多時間在尋思。透過每種菜的形式內容，還有生長的狀況，追探著環境的差異。如果每次回去撰寫日記，積累久了，各種農業知識相信都可豐厚成一門學問。

喔，對了，雙溪是北台灣黑毛豬的重要產區，這兒也有三攤專賣。現在的黑毛豬已不吃餿水，都是溫體豬，當日處理。毛蟹和鰻魚則有專門捕捉者在販售，可真要找對人，免得被誆騙，還喜孜孜，以為買到當令來自溪流的水產。

但車站前的熱鬧，不會維繫很久。約莫十時左右，人潮便逐漸散去。如果趕不及走訪，左轉後，繞過打鐵店，不遠的公有市場，仍有機會買到一些本地食材。只是地方風物的繁複，可能會削弱許多。但有家粿食和街角的冰店值得一訪，沒什麼出奇，就是便宜又豐沛。還有凡是阿字號的小吃，若肚子還擠得出空間，何妨續攤。

這火車站前還有一奇妙魅力。火車抵達時，四五輛計程車，固定前來接載遊客。但迷人的是在地客運，諸多阿公阿婆都會在此搭車回老家。車站前不只是市集，也是F小

巴的轉運中心。我往往從那兒前往更遠的山區，或者是海邊。

今天不只買菜，還想遠行。只是要去哪兒，老實說，我也不知。但看待會兒，哪輛小巴先彎進來，便坐上去了。（2020）

瑞芳

米壽級志工

前往平溪線的火車還有半小時，我站在大廳，仔細地觀看日本鳥海山線跟平溪線締結為姊妹鐵路的看板。

三四年前，平溪線結緣的對象是江之電，這回持續跟不同區域的日本鐵道交誼，算是想法不錯的旅遊推廣。

有位穿著入時的年輕女生走過來，問我是否為鐵路志工。字正腔員的口音，應該是自由行陸客。我呆愣了一下，隨即注意到，自己站在志工服務台的位置，難怪她以為我是。

她等不及我回話，隨即問道，「等一下，我要去台東，請問哪一站可買到便當？」

這個問題，一般志工恐怕還不能答得允當。我剛巧寫過幾篇東部鐵道便當，還做過專

題講演，可以從貢寮、福隆到花蓮和池上的特色逐一描述，包括列車上賣的種類。於是滔滔不絕地形容，她聽得瞠目結舌，大概是被嚇著了。我還跟她估算時間，如果中午抵達花蓮，大概只能買到月台上或列車兜售的。如果她願意挨餓，撐到池上，或有機會買到在地特色的。

她高興地跟我道謝後離開，隨即又有兩位年輕女生，遠遠地看到我熱心服務，馬上趨前。看來我當定了臨時鐵道志工。她們是台北人，問我的題目跳脫鐵道，「從九份有無車子直接到回到台北？」

原來，她們等一下要去九份，回家時不想再到瑞芳轉車。真巧，我也搭過，從金瓜石總站出發的基隆客運。半小時左右，至少有一班，都會經過九份老街，直接駛回台北。我誠心建議到金瓜石搭乘，以免一路站回台北，她們倆一樣滿心歡喜地離開。

等火車的時間還相當充裕。此時，我對當這個志工位置開始充滿樂趣，而且發現自己可能比其他人都還能勝任。

正志得意滿，有人觸及我的腰背。

轉過頭，原來是位阿公持手杖，正要拉出志工服務台的椅子。阿公的動作很大，我有些困惑。

看到他穿著寫有「導覽」的黃背心，左手臂章還寫著「日本語」。我才驚覺，原來，真正的志工出現了，剛剛占了人家的位置。急忙讓出空間，讓他站在服務台後面，但此時也很興奮。許久未看到阿公年紀的志工，更何況是日語導覽。阿公的年紀勢必上了歲數，小時讀過日治時代小學。

我馬上親切地跟他請安，直接研判年紀，「阿公，你今年八十幾歲了吧？」

阿公好興奮，驕傲地答道，「你怎麼知道，我已九十歲了。」

天啊，米壽級的日語解說員！

「你怎麼會在這裡當志工？」

「我是菁桐坑的人。以前做礦工的時代，專門駕駛獨眼小僧那種運煤車，十分、菁桐坑都有駕駛過，還跑去新竹五峰鄉運煤。」一如其他老人，阿公顯然喜歡聊天，而且

對盤了，可以把祖宗八代，自己曾經體驗過的事全盤吐露。

看到他，我不免想到十分車站，兩位熟識的日語翻譯志工。怎奈，他們皆已過世。觸景傷情下，更是高興地握住他的手再探問，那兩位年紀相近的十分老街阿公，他是否認識。但眼前阿公難以一問一答，只顧講他自己。

他幾乎一周來三四次當導覽志工，而且是待最久的。不知瑞芳車站其他志工是否為年輕人，或者還有其他日本語志工，猜想應該是不多了。

我帶隊的平溪線踏青活動，剛好有兩位日籍朋友也參加。當下樂得招呼她們，過來跟阿公結緣。阿公隨即用流利的日語，跟她們朗朗對話。

阿公不只精神抖擻，聽力亦佳，乍看真不像九十歲老翁。我再度稱讚，他隨即脫下帽子，驕傲地讓我摸他的頭髮，那豈只是茂密，還烏亮泛光。我站在旁邊對照，白髮隱隱，真是一頭尷尬。

怎奈，平溪線火車準時來了，我的志工服務時間告罄，只好等下一趟再來拜會，阿公卻主動留下家裡的電話號碼。不久前，我媽媽才遭遇詐騙。臨走前，我特別提醒，不

要隨便留電話給陌生人。

隔一星期，再去瑞芳車站搭平溪線。

原本期待再次遇到阿公，走進去，服務台坐的卻是一位阿嬤，九十歲的許陳配老太太。

八點多，她已坐在志工服務台後面，準備協助旅客了。跟阿公一樣，她的主要工作是幫忙日本旅客，口譯鐵道旅行的資訊。當然，平溪線的問題最多。看著阿嬤，想像自己在日本鐵道旅行，有一位日本長者也是志工，在服務台，跟我講國語或台語。相信我，這世界會更為溫暖。

上星期三，遇見王姓阿公，今回是阿嬤，都是米壽以上歲數，且精神奕奕。如果要舉辦一個志工年紀比賽，這裡的長輩年齡平均下來，應該要破金氏世界紀錄。但重點更在於，阿嬤阿公都很熱心。阿嬤喜好聊天不下於阿公，且更勇於學習新知。

我們跟她拍照，她也取出手機要自拍留念，順便拍攝我的隊友在大廳候車的情形。還跟我強調，他們這一群志工約莫四五人，但她是唯一懂得使用手機的。她的耳朵很

志工阿嬤和我

好，可以用手機伴唱，唱的都是日本歌。有一回參加歌唱大賞，還拿過第三名。最近又再練習，準備比賽。

阿嬤是瑞芳小學畢業，初中在基隆，因為美軍飛機常空襲和轟炸，只讀了一年便無法完成學業。她跟阿公都是此間工作時數最長的，也樂此不疲。

我難以想像，阿嬤在此已服務十三年。志工當然是無給職，但鐵路局還是悉心地提供百元，當午餐費用。雖說微薄，總是聊表心意。

以前平溪線十分車站有日本語志工，但瑞芳看來更是重要的服務位置。老有所用，一個家園還能讓耄耋之輩，樂於勞心勞力，熱情地提供一己之力。從這個角度，鐵道旅行還真值得好好闡揚了。（2019）

大華

華麗的漫遊

一般的汽機車很難抵達大華，也不會想前往。因為農路陡峭，上下好一陣，最終點只散落著六七間水泥房。

有趣的是，房子的門牌寫著六分。如果按當地人的認知，百年前這兒應該只有六戶人家，或者是六個人在此開墾的土地持分，才有此稱呼。而現在，好像仍是這般。一地二名，隱隱流露早年的鐵路單位或礦場並不熟悉，或不在乎此一小地方。

車站也是寒酸，只一座短小的月台。五年前，月台有長長的木板條，後面以老舊木板車棚搭配。一個人若佇立這兒等候火車，那荒涼真像美國西部的邊境驛站。現在旅遊興起，月台鋪成水泥，只剩木板車棚獨自在後頭，彷彿堅持過去的一段歲月。

大華並非二〇年代最早出現的幾個車站，而是因應附近文華煤礦興起，為了礦工上下班才設立的簡易站，時間大抵在一九五六年。等到煤礦沒落，這兒又恢復成六七戶人

家的狀態。若不仔細探詢，還難以察覺有過一段輝煌的煤礦歲月。仔細注意，車棚旁的矮屋，昔時有一緊閉的低矮售票口，透露了一個不再回來的黑金時光，以及或許有過的繁榮。

但也不只如此，二十多年前最是熱鬧。平溪線逐漸成為旅遊景點，大華是祕境的起頭。有些遊客不一定選擇十分下車，寧可挑這一無人小站來回。他們沿著鐵道走到十分瀑布。還另闢蹊徑，橫跨基隆河，走到著名的野人谷嬉遊。從七〇年代末，興盛到千禧年前夕，這個遊樂區，一度創造了大華的商機。

未幾，野人谷還出現了一個響叮噹的風景區，桃花源渡假村。當年以此名目出現，台灣的休閒旅遊風氣才啟蒙，前往野人谷算是豪華的高檔消費。那時例假日，住在大華附近的阿婆會擺個小攤子，賣烤香腸和各種飲料。此外，還有賣冰的老人，肩著傳統冰淇淋桶，跟著支線火車到處跑。火車抵達時，他們便開始忙碌。

但好景不常，野人谷很快歇業，跟著上個世紀一起塵封於歷史裡。乍看原因，或許是賀伯颱風到來，摧毀了園內的遊樂設施。最致命因由，恐怕還是跟不上觀光旅遊的快速變革。從那時起下車的遊客不多了，老人們連做一點小生意的機會都消失。

山羌

大概也是那時吧，我偶爾會去，喜歡拜訪左邊的兩戶人家，他們的門始終敞開。有戶人家的牆柱，掛有兩個郵筒。上面的綠筒收件，下面的橘筒是讓附近住戶來取信。送件的郵差沒有交通工具，而是搭乘火車到來。利用火車短暫停留的時間，快速完成收發。

以前看到這上下不同色澤的郵筒，多少會揣想，附近山區住了哪些人，他們如何來取信。現在，我喜歡循著山路去拜訪他們。如果有必要，還幫忙送信。

我要走的山路有兩條，一條是日治時期的保甲路，另一條沿著支線鐵道。保甲路細瘦如蛇身的優美蜿蜒，深入附近丘陵。低矮的山巒間，複雜的山溪穿過。我像昔時的日警輕鬆而愜意地巡視於其間，不斷跨越鐵橋和石橋，經過各種農作物的山田，準備走到三貂嶺車站。好些石厝獨自散落在濃密的林間。有的石厝乾淨清爽，屋前還栽植了避邪的抹草，以及茶花、蘭花，屋內炊煙裊裊。有的則大門深鎖數年，人已不知去向。

另一條沿著支線鐵道步行，那是壯麗而婉約的健行。穿過隧道後，旖旎的蓊鬱森林在眼前逐次開展。基隆河段最龐然的壺穴地形，當屬這段水域。還有一個旅遊指南不曾提及的大華瀑布，雨水豐沛時，形成九層河階的巨大水幕，從蔥蘢的草木間沛然地轟

瀉下來，論宏偉絕不輸眼鏡洞和十分大瀑布。

但最精彩的還不是這般層次，而是一條大河的浩蕩，和鐵道並行於森林間。最後以墨綠而深邃的色澤，貼著大岩壁，緩緩地彎出一段不可思議的河道。一處讓人聯想起太魯閣峽谷，卻有別於它的險峻巍峨，隱隱地婉約出現。

習慣於此搭乘平溪線，卻不曾在大華下車的人，不僅會錯失保甲路的田園景觀，恐怕連鐵道旁邊，這一北台灣河岸最大的華麗都會錯失。

有陣子，因為經常搭乘，我和司機嫻熟時，還會討論何時看到大華瀑布，是否有十二層。又或者鐵道上哪段常有山羌經過，甚至其他動物。這等有些不可思議的神奇經驗，整段鐵道就屬大華前後，最能提供如此的原始奧妙。（2009）

十分

遇見手作鐵道師傅

十幾天綿密陰雨後，終於放晴。被戲稱為「龍貓小徑」的運煤鐵道，依舊靜謐地平躺於森林邊緣，彷彿荒廢了。

從十分老街卸煤場走上山，抵達候車處。遙望著這條伸向五分山的鐵道，原本期待，每隔一段時候，還有米黃色的獨眼小僧，亮眼地緩緩駛來，但等了許久仍未見蹤影。

不過，空蕩蕩的森林盡頭，還是有一輛小車停泊。只是長相甚為奇特，彷彿日治時期的台車。但現今怎麼可能有此交通工具，仔細瞧，真的是輛台車耶，而且旁邊還站了一個男子正在推動。

難道台車要重新復駛？我正狐疑時，那人已緩緩拉著台車接近。認真端看，原來是修理鐵道的師傅，台車上放了許多工具，諸如柳葉鋤、十字鎬、拔釘器，以及鐵鍬。木箱子裡還有幾十根枕木釘，以及許多碎石，加上一根廢棄的鐵軌。

獨眼小僧

這位年紀和我相近的師傅正在檢視和維修軌道。最近常參與手作步道，因而對此一修路功夫和器材特別敏感。一個人推著台車的狀態，或許，可以稱為手作鐵道吧。

前幾日連綿大雨，按過去的經驗，鐵道周遭難免有鬆滑，有些泥濘之地可能局部塌陷。惡劣天候一過，往往是鐵路巡查員最忙碌時，大部分工班都得出去巡視，走完全部路段，檢視是否安全。此條鐵道也不例外，雖然不運煤了，只剩幾部獨眼小僧載著旅人偶爾去來，但安全至上，還是不得疏失。更何況，小火車是新平溪煤礦的重要賣點，沒了它，旅客恐怕更加不會到訪。

從一個鐵道迷的角度，看到這位手作師傅的出現，毋寧是更加興奮的。畢竟這是碩果僅存，唯一還在運煤線上行駛的小火車。若沒鐵道師傅的巡查和修理，獨眼小僧便無法從森林彼端的礦場駛出。

獨眼小僧是運煤車廂的火車頭，最大特色是駕駛座前方，有一大圓孔，因此得到如是綽號。它是台陽公司從日本採購，昔時用來拖拉礦車。目前煤礦園區內還有另外三部火車頭，都是複製品。

一九九七年春，我來此攀爬五分山，那時新平溪煤礦接近尾聲，礦坑封了，獨眼小僧

不再行駛，擺在坑口荒廢，雜草叢生。又過十年，經營者考量觀光旅遊，才重新恢復，行駛路線從採礦的坑口一直開到一點二公里外的候車處，駕駛人都是在地阿嬤。據說，她們以前便是駕駛這些運煤車的老員工，但知曉的遊客並不多。或者，此一雲端上的列車，始終未受到遊客青睞。

獨眼小僧過往是電氣化小火車，主要動力仰賴二二〇V電壓，推動兩顆大馬達。現在的獨眼小僧，因為是複製品，改採電瓶供電。集電弓接觸電力線發出電光和滋滋作響的年代，早不復存在。我們佇立的鐵道上，因而僅剩一對對如門柱的生鏽通電柱，荒廢而有序地間隔著，跨立鐵道上。

手作鐵道，跟手作步道有些施作手法和精神相近。這位步履蹣跚的老師傅沿著鐵道逐一檢視，遇見鬆軟之地便使用碎石填補，或者再將枕木穩定。碎石可分散列車駛經時產生的震動，石頭間的罅隙可吸收噪音，甚至迅速排去雨水。

鐵路運輸系統中，以碎石承托軌道，乃常見的道床結構，此一型態叫道碴。但道碴路軌不及混凝土堅固，被壓碎的道碴產生空隙，路軌難免因列車壓力而移位。

這條鐵道使用枕木的路段零零散散，多半直接埋入鐵軌。因而只要幾日連綿落雨，或

是颱風過後，恐怕都得好好巡視和維修，校正路軌位置，並篩換、補充碎石，或是清理雜草。但維修的方式相當克難，旁邊有水泥護溝的環境，還得以相思樹頭頂住鐵軌，不讓它位移。

再說枕木釘，均長不及五公分，乃因運煤的鐵軌狹窄而簡易，運煤使用的枕木比一般的短小許多。枕木釘主要是用來固定鐵道上的枕木與鐵軌。最常見的枕木釘是鉤頭道釘。頭型似勾子，藉以固定鋼軌的底部。近年因枕木水泥化，早已逐步遭到淘汰。在鐵道旁，我看到四五根遺落的枕木釘，彷彿是五分車沒落的象徵。順手拾起那一刻，同樣不捨。

在龍貓小徑上，看到獨眼小僧行駛，興奮裡難免摻雜一絲落寞的情境。但一個手作鐵道老師傅推著台車巡視，這種風景愈發荒蕪，隱然有種歷史更決絕消失的悲涼。遠了，還凝結成某一空曠的孤寂，清麗又淒涼。（2019）

共餐小確幸

前些時走訪深坑農會，探看家政班媽媽如何照顧銀髮族。隔幾日，去平溪線旅行。在嶺腳車站，又意外地看到了另一型式的長照。

如果我沒記錯，在政府輔導下，全台約有兩千多個家政班和一百五十多間田媽媽餐飲，分布於各地鄉鎮，辦理老人共餐。有此中年媽媽為主的力量，社區長輩在缺乏子孫陪伴和關愛下，至少可獲得一些食物營養的均衡。此一活動長期下來，無疑地幫助政府，解決不少長照措施的不足與困境。

嶺腳這兒亦然。二〇一二年十一月起，每星期四中午，社區有一共餐時間。地點在車站後面不遠的食堂。原本那是一間托兒所，因為沒有孩童托育，淪為閒置空間。先前的里長乾脆挪來運用，供為老人聚餐的地點。但此地無家政班組織和農會核撥的經費，而是當地一位在外打拚的老板率先捐贈，後來一傳十，十傳百，其他子弟紛紛自掏腰包，甚而有廠商惠助。

家鄉子弟雖無法時時回來，但都願意盡一份心力。在地耄耋長者，每周因而能夠享有一頓，食物多樣的餐飲。不用周而復始，永遠都是自己費力煮飯燒菜，或是由外籍看護料理。結果長期下來，老是吃著營養不均的單調餐飲。

如此每周一次，十來位七八十歲志工媽媽，加上一些爸爸幫忙做飯。這頓午餐，對社區老人而言，好像是相約去餐廳吃飯和鬥嘴鼓。他們往往充滿期待。如果餐前搭配有益身心的團康活動，更是樂意參加。

他們的共餐也強調，從產地到餐桌的距離。不遠的蔡家古厝，以典雅的紅磚造型遠近馳名。此一景點前的廣闊菜畦，栽種了多樣的蔬果。老人們的食材，有不少便來自這片咫尺之隔的可食地景。

目前，嶺腳固定有四十多位老人共餐，同時得準備六十多份便當，提供給不方便前來的長者。從這個數量可以得知，小小嶺腳其實還住了不少人。平時或許不見人影，孤寂長巷，永遠安靜著。只有車站旁的雜貨店，二三老人坐在那兒聊天，又或者，三四隻貓懶洋洋地打盹。

但仔細往巷弄裡面探看，每戶住家都有一二老人，守著電視或在那兒發呆。縱算客廳

無人，但更深處的寢室，也許就有人臥病在床。這些行動不方便的長輩，幸運者還能走到活動中心，無法出門的，只能在家裡等候便當的送抵。

這不會是嶺腳小村的情形，沿線的村鎮或不沿線的都是。整個台灣都是。孤單終老，恐怕會是許多人未來都要走到的人生終點風景。只是，老人也可以追求一點小確幸吧，共餐便是這個微小美好。

雖說家政班可能許多鄰里都有設置，像嶺腳一樣擁有熱心地方子弟贊助的也不少，但資源匱乏的地方勢必更多。所幸，嶺腳帶出溫馨的美麗效應，平溪線沿線各站，如今都有類似的共餐教室。

記得婦女節前夕，我去參加農委會主辦的一場農村女力座談。副主委當場宣布支持全台家政班一千五百萬元時，場內來自全台各地的家政班婦女爆出如雷掌聲。由此可見這些義務奉獻的志工媽媽們，多麼需要外力物資的協助。

回到平溪線。因為等車時，聆聽站前賣養生饅頭的夫婦一席話，更加了解當地社區狀況，在此旅行的心情頓時也複雜了。以前來此漫遊，只想要在一座安靜的小站下車，愜意地走一小段鄉間田野，呼吸新鮮空氣。又或者，爬一段綠意盎然的山區步道，看

到森林裡的龐然瀑布。

現在我更清楚了然，在自己孤伶穿越小村時，每間房子裡可能都還有一位老人，可能一二星期都沒人探看。他們終日隱身在裡面，難以遠行，甚至出來吃頓午餐的能力都有問題。這樣的小村情境，是我滿懷旅行況味時，必須時時提醒自己的。（2019）

蔡家古厝

菁桐

任性地孤獨

約莫一個年代前，有家著名的數位相機在香港地鐵推出新型機種的廣告。廣告內容有兩款，都是一對年輕男女，穿著西式禮服和白色婚紗。第一張，兩人並立在一座木造車站前的月台。另一張也是合照，身後是一棟小屋的木窗，牆壁爬滿綠籬。

一般人不容易看出拍攝地點，只會注意到男女站在背景淳樸的小鎮，可用此機種拍攝出動人的照片。我一眼卻瞧出，兩張照片都在同一地方完成。平溪線的終點站，菁桐。香港人為何選擇平溪線做為拍攝的地點，猜想可能跟晚近他們偏好到此旅行有關。

那年暑假，我剛好走訪菁桐，遇到楊家雞捲老板。他的店面設在菁桐車站前，最能感受遊客數量的冷暖。一提到平溪線的觀光旅遊，彷彿挑動了生活裡最不想碰觸的事。

只見他無奈地感嘆，遊客愈來愈少了。

但他注意到一個現象，星期一到五，香港遊客似乎愈來愈密集。有時坐上這條支線火車，周遭經常都是講廣東話的旅客。我自己就有此經驗，一時彷彿身在香港，正搭乘著駛往北邊的東鐵線。平溪線的香港旅客或許還未暴增，特有的小鎮風情，卻可與淡水和九份匹敵了。

平溪線有何獨特？有機會在香港介紹台灣小鎮時，我以九份、淡水和平溪線做為主題，他們對平溪線似乎更有一份莫名的疏離。

淡水位於海邊，九份居處山上，都可理解，也能勉強比喻為常洲、昂坪之類。但一條火車支線和它的小鎮群，那是香港人難以想像的連續性孤寂。除了天燈、煤礦和老街，它還隱藏著某些氛圍，香港人敏感地嗅聞到了。

想想看，在一個陌生的小站落車，月台上只有零星三四人，對鎮日處於喧囂城市叢林，天天面對擁擠人潮的香港人，真是不可思議的世界。進而，這種孤獨不會讓人害怕或惶恐。香港人知道台灣是語言可以溝通的地方，就算普通話沒懂幾句，再如何落單，都安全感十足。你可以任性地孤獨。

孤獨也就算了，平溪線還會醞釀一種悠閒的情境。平溪線火車經過的兩岸，多半是蓊鬱森林和山谷，一個小時才有一班，速度不快，小鎮街上的人走路彷彿牽牛散步，商業色彩遠不如其他北部小鎮。至少你不會聽到，商家用蹩腳而簡單的廣東話跟你招攬生意。這樣不方便的交通，缺乏效率的鬆散買賣，舒緩得讓人做夢都微笑。

原來香港的生活節奏緊促，平常速度如競走，比台北人快上許多。等地鐵，三五分鐘，眼前即有一班泊靠，甚至搭公車都相當密集。一進車子裡，人和人面對面貼著，幾無距離，彼此的內心世界卻可能隔如海峽，麻木而陌生。

在香港搭地鐵，也少有人在車廂裡看書。因為空間有限，因為急促之感，人和書本無法形成合宜的閱讀情境。在平溪線，車廂裡旅客稀疏，人跟人之間有著微笑和問好的距離。你必須花很長的時間等待火車，可以好整以暇地取出書本。

一個在地賣特產和美食的人，當然希望遊客愈多，生意才能興旺。但他們也深知，平溪線必須繼續保持這種從容特質，才會帶出深度的旨趣，吸引更多遠方的遊客。

儘管遊客減少，年輕人返鄉不多，不少本地人士繼續花心思在提高旅遊品質。譬如區分時節，針對各類客源，在不同的小站和古道，擴大宣傳這種慢活信念。甚至，期待

菁桐車站

著舊時的火車回來。

他們清楚，平溪線必須繼續往回走，停滯在過去。過去才是未來。菁桐，一條支線的最後終點站。這裡不是海洋的盡頭，而是森林的起點。最緩慢具體的嘆息，在這裡如台灣藍鵲般，一隻隻飛過。（2012）

基隆

陌生的火車

盛夏八月，旅客稀少的台北車站第四月台。坐在候車椅，等待前往基隆的自強號。

一對拎著小包裹的阿嬤，慌張地迎面而來。其中一位用閩南語向我探問，「真歹勢，借問這裡是不是有欲去基隆的火車？」

我一聽，直覺是鄉下人要回家，馬上點頭，讓出旁邊的座位。兩人感謝我的協助，不斷鞠躬哈腰，坐定後，繼續聊天。我在旁聽到這樣的對白，「等一下那輛車不知長什麼樣子？」

「奇怪對面的火車怎麼看來不像捷運？」她們指著對面的高鐵竊竊私語。

兩位阿嬤的談話讓人錯愕，好像對火車一無所知。不免好奇地提問，「請問妳們是哪裡人？」

大出意料之外，兩人竟都住新店。既住新店，怎麼會對火車截然陌生呢？不待我細問，對方之一已忙不迭地回應，「我們快五十年沒坐，想要試看看。」

半個世紀，天啊！我吃驚地暗自盤算，那是太平洋戰爭結束不久。但新店離火車站不算遠，我相當困惑她們的答覆，不禁再問，「你們真的住新店嗎？」

「我們住新店安康。」

安康有些地方接近三峽，幾近窮鄉僻壤。她們這一說，我終於相信了。

她們反問我，「借問一下，你欲去佗位？」

我剛好要去基隆，準備去碼頭附近的海港大樓參加一場講座。

「太好了，我們會當綴著你嘛？」

「沒問題啊，你們就綴我上車。」

她們感激地點頭，彷彿接下來的旅程安全無虞了。沒多久，自強號進站，她們好像看到新科技，傻愣地站在月台，再怯生生地尾隨我上車，一邊喃唸，「走道怎麼這樣寬？」

她們找到兩個並排的空位，隔一個走道，我也緊坐在旁。

「真舒適呢！」她們高興地去摸窗子，發現窗子竟不能打開。

「我記得以前的都嘛能打開！」兩人熱烈討論著，隨即發現有冷氣很舒適，放棄了開窗的念頭。

「五十年前搭火車，還記得火車的樣子嗎？」我趁機探問。

「有啊，黑色的火車頭，木頭椅子硬硬的，有橫也有直的，中間走道黑黑的，站了很多人。」

「那時，你們有吃過便當嗎？」

「有啊，到了休息站，做便當的都會上來賣，也有在窗口的。很熱鬧。少年仔，你買過窗口的便當嗎？」

年紀都半百了，還被當小孩。我高興地點點頭，只差沒講，台灣的鐵道便當都吃過。

她繼續追問，「那你有無買過白煮蛋？」

「蛋？便當裡都有滷蛋啊！」

她搖搖頭，「就是白煮蛋，買一顆都會給一小包鹽。沒錢買便當的人，都會買一顆。」

這麼健康的吃法，為何現在的人都不吃了，反而偏好對身子不盡然適宜的茶葉蛋。

「還有在賣枝仔冰嗎？」一直跟我互動的阿嬤突地再問。另一位默然不語的，年紀似乎大一些。

十年前，北宜線還有人賣冰。現在呢，許久未見，我只好搖頭。

號誌樓

她感嘆道，「沒枝仔冰，坐火車就不好玩了。以前火車都有賣便當和枝仔冰的。枝仔冰冷便當燒，以前都是這樣喊的。」

我苦笑著。她隨即教訓我，「啊，你太年輕了，才不知道這些。」

像小孩一樣被輕聲指責，真是幸福啊。

原來，她們都已七十出頭，是對姑姪，一起出來玩。這次跟過去一樣，要到基隆港邊散步，看海景，逛一下廟口老街，飽足後回家。多麼傳統的玩法，以前的人都如此來去。

跟我不斷聊天的是姪女，她小姑姑不過兩三歲，跟我是本家，二人從小都住在基隆。最後一次搭火車，從基隆搭到菁桐坑，因為那兒有親戚在當炭工。

以前去基隆，她們都是從新店搭客運直抵雨港，很久沒搭火車，才決定試看看。怎知抵達台北車站後，開始迷路。剛剛是一路探問過來，幸虧遇到我。

姑姑因過度緊張，體力彷彿用盡，一上車就睡著了，一手抱著小包裹，另隻手靠過來，依舊挽著姪女的臂膀。情境彷若六〇年代《阿三哥與大嬸婆遊台北》，緊張而刺

激。在遇到我之前，看來備極艱辛。

一樣白髮蒼蒼的姪女剛好相反，繼續興奮地觀望外頭。她大概不識字，一直問我經過的地方是哪裡。火車經過五堵、汐止這些地方都瞪大眼睛，充滿陌生的好奇。其實，鐵道風景每三四年都有很大改變，不要說她，我這樣常坐的人照常疏離。

接近基隆時，姑姑醒來，竟然嫌火車太快抵達。她繼續之前的惶恐，馬上跟姪女討論，回家時還是搭客運為宜，晚一點也無妨。

火車逐漸放慢，我忖度著左邊的大型號誌樓快要出現了，本想問她們認識嗎，但擔心雞同鴨講，隨即放棄了。

下了車後，她們手牽手，急著離開車站，彷彿害怕再迷途。她們迅快地走向基隆港海邊，消失在星巴克下的騎樓。半世紀後再次搭火車，或許，這是她們人生旅途中，最後一次的探險了。

我繼續停在車站內，時間還從容，走往海港大樓前，想先去看那可能消失的號誌樓。

（2010）

百福

水牛徜徉的鄉愁

多年來，每次搭火車北上，過了百福，蜿蜒的基隆河畔經常出現三兩隻水牛悠遊溪邊，牛背鷺陪伴於旁。

這一綺麗場景讓我想起十九世紀，西方探險家搭乘平底小船，在淡水河系的旅行。有幾篇他們的踏查文章也提到，經過基隆河上游，河岸不斷出現蒽蘢的樹叢，還有水牛觀望陌生人。

然百年下來，地理環境變遷劇烈，秀美的鄉野風景不再。如果我沒記錯，基隆河要發現水牛群，大概就剩下這裡了。水牛棲息草澤對我而言，無疑是農村大量消失下，最後的殘景。牠們在河岸徘徊，不只帶出寫意生活的鄉野，同時意味著周遭或許還有大面積的溼地，供牠們徜徉。

如是感懷，有一回，我不想再過站不停。決定選個例假日，專程到百福拜訪。這樣刻

意前往，遇見小時最愛的動物，總讓我還未出發便萌生奇妙的快樂。

搭區間車抵達，過了實踐橋，左邊有一河岸步道，緊貼著水邊。之前從車廂裡遠眺，便是這段河岸風景。天空微雨，循此步道撐傘而行。河水深綠平穩，悠然彎曲，幾株水柳或者一叢竹林點綴，乍看下彷彿景致旖旎的歐洲鄉村，還能划行小船。遠一點的淺山森林則映出不同的優美倒影，比火車上窺見的更是秀美。

河岸草坡立有一道鐵絲網，似乎在防止水牛走到橋墩下啃草。但放眼望去，並未看見任何水牛身影。還好我有帶望遠鏡，緩步其間，隨時可將開闊的遠方拉近，觀賞鳥類棲息。一個人擁有自然觀察的樂趣，沿著河岸散步時，再怎麼無事，都不覺得枯燥。任何鳴叫或飛影掠過，都讓人驚喜悸動，不知不覺忙碌起來。

細雨中，車輛輾過路面的擾動聲減低了，鳥聲雜沓而來。河岸草叢有白頭翁、褐頭鷦鶯和紅尾伯勞，紛紛以不同聲調喧嚷，熱鬧地活潑來去。八哥和灰鶺鴒走動於步道前方，彷彿在引路。河面則有翠鳥、小鷿鷈和白腹秧雞等，像亮麗的各種報春花，棲息於不同環境。

最迷人的是河心浮嶼和裸露地，一隻隻孤單的小白鷺、夜鷺和大白鷺，扮演著各種寂

然不動的釣翁，靜默地佇立。今年冬季的淡水河系，蒼鷺愈發龐然地存在，幾乎每個河段都有分布，且悄然換上鮮亮的春羽。

此乃北台灣鄉野尋常河岸風景的鳥類狀況。更遠一些，淺山不時煙嵐繚繞，山紅頭低吹口哨，生怕出事般地謹慎叫著。小彎嘴的叫聲則深遠而宏亮，整個河岸都聽得清楚。有隻松雀鷹竄飛出來，攻擊蝙蝠未獲，無奈地躲回樹林。不久，喜鵲聒噪地來去，台灣藍鵲掠過森林上空。我忙著觀看這些鳥的去來，幾乎忘了尋找水牛一事。

鳥聲鳥影中，還有一些奇妙的情境。譬如，有隻黑貓竟然跑到河岸探險，牠從草叢鑽出，驚奇地遇見我。南北向的火車在對岸，拉出長長的身影，駛向不同的遠方。我終於不在列車上。

多麼美好的假日，我在基隆河河岸步道走路。從實踐橋散步到圳頭土地公廟，兩公里多，晃蕩了近小一時，幾未遇到行人，倒是發現不少菜畦。

接近盡頭，遇到兩位長輩，順勢探問了水牛在此棲息的事。在地老人家像土地公，總是清楚地方事務，我的問題隨即迎刃而解。

第一位告訴我，確實有位中年人姓龔，是水牛群的主人。這群水牛約莫七八隻。主人鎮日穿著雨鞋，沿河岸騎摩托車來去，注意水牛在岸邊啃草的情形。他常把最大的公牛綁住，其他年輕的就不會離開太遠。

另外一位告訴我，牛主人大概住在哪個位置，日常工作就是飼養牛群。牛隻長大了，便牽去販售。晚近農村耕作，大量以耕耘機取代，水牛不再耕田，但有人利用其生長快速的特性，當肉牛照顧。尤其是以年輕水牛為主，試圖走出新產業。

大抵說來，這位先生在基隆河河岸飼養牛隻已行之有年，當地人並不陌生。但基隆河河岸是公有地，禁止牛羊放牧，以免帶來汙染和破壞水土。

反之，也有專家持不同看法，尤其是針對水牛。譬如，水牛為河岸帶來較豐饒的微氣候溼地環境，生物更加多樣。如果牛隻數量不多，放牧不是過度密集，尚不致於嚴重干擾。更何況，此區非上游集水區，就不知相關單位如何看待了。

走到圳頭，再折返，約莫四公里左右。我還是未看到任何水牛，只看到步道口有一牌子，標示了各種步行的狀況，提醒走路人，可以減掉多少卡路里。

正要走回車站，突然間想起，其中一位阿公告知，這群水牛有時在此啃草，時而在堵南。過了實踐橋，便是堵南段。我的時間綽綽有餘，於是繼續往堵南河段前行。此段並無步道，必須探頭出去，才能看到河岸風景。我試著伸頸張望，河岸下方的泥土小徑，出現大量水牛的新鮮腳印。

我大膽猜想，水牛群就在不遠處。沿著寬敞的馬路繼續往前，繞過一個河流大灣。從薜荔爬滿的矮牆探頭，果然，河岸草地出現五六隻水牛，三四隻牛背鷺在旁伴護。

終於看到水牛群了，但想要接近變得困難。河堤愈來愈高，無法再探頭。我繼續往前，接近一土地公廟，赫見河堤有階梯可登頂。走上後回望，終於看清下方的河岸全貌。一大群水牛在基隆河右岸，悠閒地啃草或休息。總共有九隻，旁邊還有二十多隻牛背鷺伴隨，其中三四隻和烏秋站在牛背上。

我緩慢下行，沿著河堤牆壁靠過去，牛背鷺機警地紛紛飛起。三隻被牛杙仔和繩索綁住的成牛，突然間不再低頭啃草，轉而佇立不動。一直凝視著我，露出疑惑又不快的表情。

我不敢再往前，以免造成牠們不安，甚而盲目地衝過來。領頭在前的幾隻公牛，都擁

水牛

有一對巨大的犄角，體型更是雄壯，充滿蓄勢待發的敵意。我們互望了一陣，因為不再向前，良久後，彼此間的緊張關係才減低。唯獨最強壯的那隻，繼續跟我對峙。直到幾隻喜鵲陸續過來，叫聲劃破天際，彷彿扮演和事佬，世界才恢復原樣。

紅尾伯勞繼續佇立枝頭凝視，草叢裡有野鴝的孤寂清鳴。被我驚離的二十多隻牛背鷺慢慢回來，全部棲息在一棵大樹。遠遠望去，彷彿五月桐花盛開。九隻牛繼續在草地悠閒徜徉。細雨的冬日早晨，基隆河河畔，搭配遠方的扶疏森林如潑墨山水。

一個人的早晨，坐享好山好水，突然間福意滿滿。這樣凝望著，真想看成一種鄉愁，一種永恆，納入這輩子最後的河岸風景。（2018）

台北

從後火車站出發的人生

上個月，後火車站華陰街失火，有三人不幸命喪祝融。大火前一個小時，我才在附近的批發百貨店走逛，尋訪舊時的商家。此一大火，不禁觸發我憶起一些往事。

四五十年前，從中南部搭火車北上，準備在台北打拚的鄉親，人生往往只有兩個出口。從抵達那一刻便命定了，要從前站邁步，或者從後站離開。

從前站噴泉廣場出來的，泰半擁有高學歷，可能已在金融商圈、廣告媒體，或者公家機關等單位，謀得一職位。也有繼續求學者，繼續其寒窗苦讀的生涯。

但更多人是從後火車站認識台北。他們國高中畢業，十七八歲出頭，甚至有小學才讀完的十二三歲童工，攜著簡單家當、有限盤纏，恐怕連回家的錢都不夠。這些不及弱冠的少年，站在後火車站前，舉目無親地張望時，迎接他們的是一群職業介紹所的男子。每個口氣都像軍隊裡的教育班長，香菸不離手，髒話不離口，老道地吆五喝六。

下港人憨厚者多，傻愣愣地，常受不了幾句巧言催喚，便懵懂地跟著人家，像待宰的雞鴨，被塞進小貨車。有的還因年紀太小，屬於違法打工，必須藏在卡車後的帆布篷裡，躲避警察的追查。

他們驚懼而茫然，被載至初次聽說也初次抵達的三重、五股或中和。在這些衛星小鎮的鐵工廠、成衣廠，以及某種加工廠之類，開始從事最卑微、艱苦的勞動行業。或有不願屈就者，繼續窩在華陰街附近，找間便宜的木造小旅舍下榻，日日出來閒逛，等候待遇較好的工作。附近炒麵炒米粉的小攤生意，順勢也特別興隆。

大抵說來那時工作機會多，只要肯拚，願意積蓄置產，離鄉二三十年後，他們還是能完成心目中的夢想。在遠離家園的北部，成家立業，進而掙得一屋居住。如今毋庸貸款，或者只剩下零頭輕鬆繳交。

當年歌手林強著名的閩南語歌〈向前行〉，轟動街頭巷尾，大抵道盡了這種打拚的可能。小老百姓不懂大時代變遷，但很清楚，那時的環境或許艱苦，卻人人有希望。

現在社會富裕，機會反而大減。在最需要廣大勞力的時期裡，下港人戮力參與台北盆地的經濟建設，共同打造了今日的台北模樣。從後火車站開始的人生，應該是不少中

舊台北後站

生代市民生命裡最精彩的篇章，回憶台北最重要的起點。

如今後火車站不見了，除了一個北淡線的懷舊廣場。一輛舊時列車擺置著，掛個不知所云的「第三月台」牌子，一切無從記憶。儘管周遭依舊，仍是五分埔的擴大版，各式各樣便宜的批發百貨，密集地堆擠於街坊騎樓。更遠，還有亮麗帷幕大樓的京站百貨，預示著未來的繁華，我卻若有所失。

這場不幸的大火，似乎也點著了一個失落的艱辛歲月。那是夢想可以燃燒的年代。年輕人只要胼手胝足，可以放膽結婚，建立美好家庭，勇敢生子。油電再如何飆漲，房價再如何翻揚，至少都有一席之地。

我若是相關單位，大抵會從這個角度考量，從周遭老舊的街屋，尋得一個代表性樓宅，規劃這樣一個藍領階級的下港人博物館。把六〇、七〇年代的生活風物悉心整理，做一有意義的展示。不僅向半世紀以來北上打拚的人致敬，還可以傳達他們的夢想，到底建基在什麼樣的社會人情和義理中。

在那夢想可以燃燒的年代，啊，你若是下港人，還記得當年北上，是從前站出來，或者在後站張望？（2012）

浮洲

河之島浮沉錄

從台北搭火車，彷彿老鼠在地下活動，始終在長長的隧道裡。等過了板橋鑽探出來，進入鄉野，時光好像也倒退了二十年。

以前，出了隧道口，第一站是樹林。抵達時，遠遠的牛埔山已在望。下了車，前站買菜，後站登山，甚為快哉。如今，出城第一站，日光直灑下來的世界，改為浮洲。

浮洲在大漢溪和支流湳仔溝交會下，因泥沙淤積形成浮覆地。近十幾年，道路連結敞通，這個地理特質遂失去。我對這個大島印象深刻，來自於作家朱天心的回憶。有一回她寫及小時舉家遷居在此，一九六三年葛樂禮颱風，石門水庫洩洪，把她婦聯二村的老家給淹了。

那兒離現今新的浮洲站，不過十分鐘路程。站在高出地面的浮洲站月台，我想起了台中的泰安車站，同樣月台高浮半空，電梯上下。

站在泰安車站，擁有三百六十度環顧的視界。放眼望去，平疇沃野，稻田、水芋和花圃等鄉村美景，逐一浮上眼前。站在浮洲站月台遠眺，一半是公寓和鐵皮屋工廠，另一邊卻是長而暗灰如柏林圍牆的高鐵高架橋，遮住另一面的世界。但那一面是什麼，用腳跟想即知，跟這一面應該相似。

泰安？浮洲？一自然一人文，我不免苦笑。兩地若換名，似乎更為貼切一些。

下了車站，眼前的南北向馬路，各以龍興和華中為街名，道路狹窄而不規則地彎曲。往北的，面南的，都通往擁塞的公寓大樓。台藝大在此常年，都難以把這個區域藝文起來。東西向更是驚奇，馬路無人家，幾乎都是鐵皮屋廠房。此路比街還開闊，卻稱為大觀路一段三十八巷。

非街即巷，可見此地取名之紛擾，因了都會的快速發展，勢必有一段委屈和尷尬。一些號碼陌生的公車，在此鑽來復去，活絡地把都會旁衛星城市的雜亂和混沌全部展現。

車站前無便利商店，只有一家賣各種土雞的，隔壁是鐵門深鎖的阿婆米苔目，再遠一點有家晚上營業的羊肉爐，以及停車場、洗車廠等。唯有一塊綠地在長排鐵皮屋家具

浮洲賞鳥

工廠後頭，苟延殘喘地留著，周遭都是公寓鱗次櫛比的紛擾景觀，起落於天際間。觀此衛星城市的錯綜，腦海頓時浮升，七〇年代中永和之風貌。

連接板橋市的湳仔溝也因道路的建設，任其汙染、發臭而淤塞、消失。浮洲做為河中之島的地理實景，早就名存實亡。大都會邊緣的自然環境，快速而無情地淪為都市核心的犧牲品，湳仔溝當可做代表。

但只有這樣嗎？若沿大觀路三十八巷往西，另一頭是大漢溪主脈，像一處文明衰敗後的發光體，教人眼睛一亮。往那兒邁步，約莫半公里，你好像爬出火山口，翻過那些凌亂不堪且教人不斷挫敗的水泥文明，以及正在廢墟下的都會景象。一片開闊的綠色溼地公園，在眼前絢麗地開展。浮洲，浮出了大都會旁邊的失序、荒廢和雜亂。

浮洲溼地公園，應該是現下台北盆地最吸睛的沼澤。以前搭乘火車，一出隧道，都會習慣性地面向車窗右邊。尤其是清晨時分。只見一塊綠肥的沼澤浮映而上，瑰麗出奇，猶若豐田軟玉。我不禁想像著，百年前浮洲應該就是這等美好。只是，火車常被高鐵之牆擋住，必須從隙縫中端視。若從高鐵車窗，那短短一秒的鳥瞰，便足以感動人了。

這塊沼澤從水泥叢林中，努力創造了綠色方舟。其存在猶若蓮花出淤泥，彷彿城市的贖罪之地，讓這個城市還有些挽救顏面的機會。對前縣長的口碑，市民的負面意見多於正面，但綠地政策的評價剛好相反。只是其精緻，還得經過颱風的測試。或許一次大水洗禮後，我們再來檢視，溼地規劃是否合宜會更加明確。（2011）

樹林

一碗芋頭粥

初夏時，前往樹林大棟山拍片，意欲跟市民分享一座尋常山頭的不凡。

大棟山擁有一等三角點，唯缺乏恢宏景色，不若近鄰觀音山出名，遑論媲美陽明山的壯麗。但我有新角度，特別提出家山的概念。

家山，不只是一般淺山，提供一兩條良好的自然步道，讓市民從事休閒活動。通常還能跟山腳下的傳統市場連結，形成有機的生活圈。

以樹林車站前的市集為例，不少菜攤擺售的蔬果便是來自這座家山的環境。光是這個美好的因由，就足以支撐我的想法。

更何況，山腳邊市集人情味濃厚，攤位擺好了，不只是在做買賣。販售者還會跟你聊天。諸多擺售的食材，都是在一邊閒話家常下賣出。若接近市中心，買賣雙方來去倥

憁，較難看到類似的溫暖畫面。

那天爬山前，我按過往習慣走逛，看看夏日時會遇到何種風景。結果，走到十字路口，邂逅一位正在擺售竹筍的阿公，話匣子便開啟了。

他來自柑園，半甲子以來，每早挖筍到此販售。今早攤位只擺了兩種筍，分別是麻竹和烏腳綠，並無此間最具代表性的綠竹筍。

此時何以不賣綠竹筍，原來它的最好時節已過，但烏腳綠仍著時，咀嚼猶有水梨的質感。阿公有此說法，顯見不只會種，看來也知道如何站在消費者的角度品嚐。

再仔細瞧，帆布上的麻竹身形，不及小臂長，用來煮湯特別鮮嫩。目前南部常見半百公尺的，乍看龐然肥碩，卻只適合做筍乾。我跟阿公分享食

綠竹筍

用的心得，他點點頭，同意我對竹筍的見識，當下便要送我兩顆，各帶一種回去嚐鮮。

雖說盛情難卻，我還是極力婉謝。畢竟只是來拍片。但那天最幸運的緣分，是在對街，遇見了賣粥的母女。三大桶芋頭粥和竹筍粥龐然矗立，搶眼又誘人。她們又一直保持笑容可掬，路過的人不免回頭觀望。

許久未嚐稀飯，我也樂得過去瞧瞧。更何況這兩款粥品，都是從小便喜歡的家常味。記得那時才七點半，但一個客人都未上門，不免納悶。等她們翻開鍋蓋才知，三大桶粥品都已賣光。

我嚇一大跳，生意怎麼好到這般，一大早就結束營業。探問下才知，幾乎每天都如是暢銷。當下不禁稱讚，大姊母女是最幸福的生意人。人家才來擺攤，她們已要收工。

再深入細聊方知，她們的傳統粥品大受歡迎，自有原因。為了料理大量食材，一家人半夜就得起來打拚，洗米、切菜和熬煮，所有細節都要照起工。早晨營業結束後猶不得閒，還要就近採買明日必備的食材。

竹筍粥用到的麻竹，便是來自阿公。阿公旁邊的黑毛豬肉攤，則是取得肉品的來源。還有不遠處賣芋頭的小攤，同樣要光顧。在地當令的新鮮食材，大抵是兩款粥品必備的內容。傳統粥品搭配的料理如此精彩，我一大早走訪卻緣慳分淺，自是徒呼奈何。

隔了一個月，新北市觀旅局舉辦微笑山線記者會，播放我參與的片子。他們覺得家山是非常重要的概念，特別邀我去論述此等生活價值。希冀市民都能嘗試，將住家旁的尋常小山和傳統市場做一美好連結。當天影片播放時，還剪接了我一大早想吃粥，結果三大桶賣光光的有趣畫面。

但我萬萬沒想到，主辦單位非常貼心，竟偷偷邀請煮粥的大姊前來參加。當她捧著好幾碗芋頭粥出現時，全場爆以驚喜的喝采。事先我並不知道，因而樂得不知如何形容。

由於這一碗芋頭粥，日後我和樹林後面的大棟山，出現了一個比以往更加緊密的關係。當然最根本因由，還是有一個傳統市場，在山下和山頭遙相呼應。我相信除了竹筍和粥品，那裡應該還有其他精彩的生活故事。

這樣的山和城市之互動，應該也會在每個人的身上發生。（2020）

山佳

北台第一小站

從台北出發，山佳是南下縱貫線上最接近郊山的一座，日治時代的建築形體緊緊依傍青色山巒。這等古老的雅致，若是久未走訪，總會有些牽掛。繼而興發再去探看，兼及郊野踏青的想望。

五六年前，山佳車站重新修建，旁邊有棟洗磨石子樓房逐漸呈現時，每回搭車經過又有新的忐忑不安。擔心老車站會消失，或者新站礙著了地景。所幸完工後，兩棟並立倒也和諧。

但每回在新站下車，我還是習慣走到老車站歇腳，整裝。那種舒適和怡然，不說別的，光是通風便勝一籌。只是站體過小，只能充作古蹟建築，無法負擔太多營運功能了。

從山佳車站出發，難免忖度著早年挖煤的情形。又或者，當年白色恐怖事件在此的種

山佳舊車站

種，好像還有許多往事猶待訪察。在此進入台北盆地的關卡，我也繼續好奇，早年陸軍防衛台北盆地的營址，又或大棟山鳥瞰下之龜崙嶺要道，好幾樁清末以來發生在周遭的大小戰爭。這樣的人文行腳，無從敘說的歷史和郊野啊，彷彿就把老車站和後面的礦村和相思林淺山全都緊密結合了。

去的次數多了，車站前的老木棉樹也格外有感情。還有對面一家商行，脾氣古怪的老板數次照面，竟也心生溫暖，但我絕不會跟他閒聊，免得壞了一天的愉悅。

有位四年級老友跟我提過，小時去三峽，都在山佳下車。此地俗稱山仔腳，車站前廣場是座小型市集，販售各種蔬果。由此出發，跨過大漢溪河床，左晃右蕩。一路荒荒涼涼的灌木草原，時而有菜畦和果園，農民二三成群，擦肩去來，甚而有牛群現身。原來，大漢溪有眾多水牛遊蕩，早有歷史。

這個情感我滿懷共鳴，還特別攤開堡圖，尋找舊路。比例尺分母愈小的，往往是回顧過往最真實的線索。我們以為的景象，可能都是個人的主觀見聞，地圖幫我們做了具體而客觀的修正和提示。

以前的老車站還掛有一空襲避難位置圖，提示著危急時往哪個方向疏散。後站還有一

條早年的運煤路，沿著石灰坑溪，通往牛埔山和大棟山。我所知道的白色恐怖、軍事戰役，由此帶出的想像，都是循此山一路點燃。只可惜，這些都缺乏和站前社區產生對話的機制。

老車站重新整修後，不單是倚老賣老，努力把過往的建築風貌留住，還想藉由昔時的採煤風情，展現這個小站的獨特性。但規劃者的能力也僅止於此，一旦踏出前面的公路，旅人很快就被拉回現實，拉回某一衛星城市的髒亂和失序。

在這缺乏建築美學的小鎮裡，我還是想從那兒創造一些人文的可能。或者就從這樣的混濁中，發現一些不同的美麗蘊含其中。

也許，這是我偏愛到山佳的原因。（2015）

龍港

挖石蚵的婦人

去年暑夏，某一陽光炙熱當頭的日子，搭乘的區間車停靠在通霄，三位戴著斗笠型寬邊軟帽的中年婦人持著茄芷袋上車。

她們的臉以花布連襟的罩衫遮住，僅僅眼睛露出。但不難判斷，面罩裡勢必有一蒼老而黧黑的臉龐。除此，全身也是緊密包裹，連手臂都繫了袖套，只剩青筋浮突的雙掌外露。

婦人們都穿了雨鞋，一副準備到野外長時工作的裝扮。這樣與其他旅客明顯不同的服飾，自是引人側目。我原本以為，她們在通霄市場剛剛賣完自種的物產，準備回家。因而好奇探問，早上到底是賣哪類瓜果，是否有現在盛產的菜豆和莧菜。

這類小鎮市場自賣蔬果的農夫多半年過五六十，務農有一段歲月。在早晨的海線火車偶爾遇見，總教人感到溫暖。聽到我對她們的研判，有一位稍微拉下面罩，報以璀璨

的開朗呵笑，自嘲哪來這樣的好命。旋而簡單地回答，這時搭火車，其實是要趕去龍港挖蚵。

從通霄出發，沒幾站就是後龍溪南岸的龍港。現在啟程到那兒，剛好是退潮。我檢視潮汐表，今天三點一刻左右，水位最低，河口潮間帶會有大面積的石礫灘裸露。石礫上，總是有諸多蚵仔附著於上。端午節前夕，剛好是挖蚵的最好時機。

海線各村鎮的市井小民，往往深知地方時節風物，此時若有閒暇都會搭火車前往。尤其是龍港和後龍的在地人，退潮時，只見人人持一把尖錐蚵刀，蹲伏在石礫前，不斷地翻殼剉取。有此外快，海邊陽光再如何毒辣，她們都毫無怨悔，盡情地在石礫灘工作。根據當地人經驗，野生的石蚵有著哈密瓜香氣，比起蚵棚養的清甜。

我好奇探問，新埔和通霄外海也有石礫灘，為何不考慮就近挖採，還要前往北邊後龍溪河口。結果她們回答，龍港因有後龍溪沖刷，石礫灘面積最為遼闊，蚵仔產量最多。

年紀最長的婦人還告知，一天少說可挖個四五斤，每斤可以賣到兩百元。以前，海線鄉下不少貧窮家庭孩子的學費都是如此掙得，但夏日一整天待在石礫海灘，艱苦自不

待言。

南部海岸是蚵仔的故鄉，一百年前即發展出蚵架養殖，品種肥大而甜美，但我個人甚怕海鮮腥味，常敬而遠之。聽她們述說石蚵的內涵，讓人聯想到金門小而美的石蚵，不禁寄予美麗的想像。

隨即，她展示了挖蚵的工具，除了痲布手套，還有兩把錐子狀的蚵刀，看似相當耐用。其中一把自己製造的較為陽春、粗糙，外頭商家購買的便精緻美觀，明顯講究許多。

在金門或八里挖子尾，以前看到挖蚵的婦人，還帶了長柄如鋤的尖鏟。因為怕漲潮，挖蚵時間有限，先戳下附著於蚵架上的蚵殼，再用籃子擔上道路旁的推車，送回村裡。緊接，倒進四方形的木製矮桌。四個婦人圍著，不斷取殼挖蚵仔。這一典型青蚵仔嫂的風景，在西海岸的村鎮也時常見到。

但那多半是蚵田環境，這裡是野生的，隨石礫廣泛散布，只能跟潮汐搶時間。我問她們挖好後，拎去哪裡販售。她回說，先冰凍起來，明天再帶去通霄市場擺攤。自己會留下一小部分，醃漬為蚵給，當日後下田工作的點心。她以為我是在地人，因而還告

龍港舊車站

知買賣的位置。我說來自台中，她轉而建議，如果待會兒有空，可以到龍港車站購買，她們會在那兒搭六點零六分班次回通霄，明天不敢保證有存貨。

龍港雖是無人站，今天想必非常熱鬧。好可惜，我只到新埔觀海和拜訪友人，黃昏前就要折返。未幾，我抵達那兒。正午陽光炙熱，海風獵獵。婦人說得無誤，此區石礫灘地甚是狹小，也無人在那兒尋找蚵仔。

以前在海線火車上常遇到賣農產品的老農，自種地瓜、南瓜。等熟成時，摘採入籃，搭火車挑到大鎮去買賣，也有賣海鮮魚貨和藥草的。還有人專程搭到台中城裡，那種邂逅常增添驚喜。只可惜都是二三十年的往事，許久未見聞了。

這回遇見挖石蚵的，不禁讓我回想到那個年代，一種熟悉濱海生活的日常。望著她們的身影，突然間湧升好多懷念。（2017）

新埔

陪自己看海

每年春節前後，總會選一天，從台中搭火車到海邊。

二〇年代初，海線建造了好幾座日式木屋車站。尚存的，大抵以荒涼著稱。最靠近海洋的車站叫新埔。前不巴村，後不著店。

下了車，倚在車站門柱望遠，前面就是大海。淺灰的海，彷彿高過地平線，尤其是漲潮時。人生不可能老是快樂，總有些憂愁時光，那就陪自己來此，看著海無垠地開展。

一九九五年初次去，忘了看班表。下了站查詢方知，兩個小時後才有火車停靠。車站無人看守，北風凜冽。一個人躲在小屋內，沒帶什麼書，發愣好一陣，竟發現背包裡面有本字典。多數時間便坐在木板的候車椅，無聊地翻看，背了好些單字。

後來，大概就是喜歡這樣，有時必須孤單，就莫名地常去了。若是年底走訪，往往還有兩三個即興的目的。

最迷人的風景，當屬遇見挑著扁擔，販售在地物產的農民，正要搭海線去鎮裡。不少人便來自新埔小村，前往大甲、沙鹿和通霄等城鎮。有時在火車上，還可以和他們交易，或探詢一些栽種的物產。賣地瓜、蘿蔔和花生者便罷，還有賣文蛤和野生菇類的，那是最美妙的邂逅。

或許是少有人和他們攀談，又或探詢的事物是他們熟稔的，在地人總樂於分享，甚而邀請前往村子。有的挑擔四五十年，火車從開窗吹電扇的搭到密閉冷氣的。哪個海線城鎮的市場如何，他們是最有經驗的品評者。

新埔車站前方有塊沙質田地，鵝卵石駁坎分界，再以禾本科形成擋風之草牆，田裡則栽種著各式各樣蔬果。有回隆冬，接近過年，和耕田的老農民閒聊農事，他意欲送我四顆梅花大蘿蔔。我笑納了，但還他兩顆，因為背包裝不下。

在海邊遊蕩，總是有很多閒空，觀看旱田的農作情形。每一年，這塊沙田都有些改變。隔年再去拜訪，他種了三種地瓜，分別是十一號、三十三號，以及一種紫色粗莖

新埔車站

的品種。我雖熟悉北部地瓜，沙地的卻全然陌生。樂得聽他品評三種地瓜屬性，增長見聞。另外，避風處的小菜畦，特闢成藥草園，穿心蓮、鐵韭菜和蜈蚣草蔚然生長。小而貧瘠的海邊沙田，一樣有著深度的農業故事，絕不可小覷。

通常越過沙田，就是海洋。來此最想做的便是放空，無所事事地看海。只是景象一年不如一年。以前走訪，退潮時，只見泥質灘地一望無垠，如今削波塊大量出現，徹底改變了潮間帶的生態環境。不知從何而來的大石塊，以及長城般高大寬敞的防波堤，鋪成新的海岸線。大潮的倒灌或許擋住了，但大海和陸地難以交會，形成奇怪的疏離感。

但再怎麼龐然的生態破壞，都無法阻止我的遠望。我繼續專注地凝視，聆聽海風惶惶追撞。有時只期待，再次看到白海豚現身。在這一台灣海峽棲息的最北界，趁滿潮時，靠過來一點點，微微躍出混濁的海面。牠將永恆如快要掉落海裡的夕陽，代表那碩果僅存的數十隻。

後來，只要前往海線，我繼續帶書，但不再是字典。等待火車時，我從容坐地坐在木椅翻看。雨淋板的外牆有些腐朽，旁邊的老樹剩下一棵。偶爾抬頭，小站持續荒涼，灰色的海仍在，我可以錯過下一班車。（2017）

遇見白帶魚

賣豬肉的年輕人，攤位擠在兩位魚販間，卻跟我大談白帶魚。

「咱苑裡海岸是個灣澳，拄好予伊白帶魚群游進來棲息。從年底現在開始，攏是掠魚上讚ㄟ時機，肉質嘛上好。」

他說得口沫橫飛，儼然是在地海魚專家，完全忘了別人要來買豬肉。後來，我上網看地圖，苑裡的海岸地形真有一微笑的弧線，但委實看不出他形容的灣澳。

旁邊的魚商忍不住補充了，白帶魚是洄游魚類，白天在深層水域，黃昏到清晨間才游至水面表層，成群結隊獵食小魚。晚間是船釣最佳時機，釣客都要有熬夜的準備。漁民則利用魚群的向光特性打開照明設備，用定置網捕撈。或者，利用拖網直接獲取，這時節保證豐收。

賣豬肉的很歡喜，我再度到訪。尤其是火災後還來探視，讓他深感振奮。只是日治時代遺留的舊建築如何重修，還有菜市場的整建，恐怕都不是一朝一夕可完成的。但四年了，為何還沒動靜。

「苑裡多閩南人，在苗栗是弱勢族群，建設恐怕也多所拖延吧。」他幽微而隱晦地揣想。

火災後，公有的史蹟建築或許有些焚毀，但市場其他巷弄如常活絡。著名的幾家魚丸仍堅持各自的配料，繼續忙碌製作。打鐵店也有年輕人接棒，在十字路口擺出充滿地方特色的農具，諸如日式除草刀、鶴嘴鋤等。

災後的區域目前暫以鋼板隔離，原先在此的肉圓店搬到另一條街，生意似乎更加興隆，看來遷回的意願不高。幾個臨時攤販在原先的位置販售炒米，還有賣芋蔥粿。這兩種點心，都是此地獨特小食，每回來我都會買個一二嚐鮮。

但最高興的還是看到魚貨，好幾攤都是白帶魚，吸引了搶購人潮。一般以為苑裡最有名的漁產，主要是鯊魚丸等加工食品。殊不知，白帶魚也是重要特產。翻開鎮志，從清朝以降，談到海岸漁產的撈捕，都以此兩種為代表。

苑裡車站

採買前，我注意到鋼板圍籬掛了一系列「二〇一五年市場災後圍籬彩繪作品」的國中美術班畫作，大概是火災後，在地教育單位舉辦的，學生的畫作有各種苑裡市場的流動風景。其中一幅命名〈喊價〉，特別吸引我。少年繪者在此攤位刻畫的魚貨，便是白帶魚。

前些時，在東北角卯澳漁村旅行，當地人運來白帶魚販售，都是切塊冷凍包裝的。一位海釣朋友以為，還是現釣的才新鮮。我喜歡吃白帶魚，卻不知如何分辨好壞。被友人提醒後，便認真學習一些基本常識，諸如仔細檢視眼睛、嘴鰓和魚身亮度。希望改日到市場時，還有能力選購新鮮當令的在地食材。

我充滿信心地觀看，攤位上的數十條白帶魚。仔細翻看魚身，確定是現撈的，一時欣喜不已。只是看久了，有些憂心又茫然。

白帶魚果然如期報到，相信到過年，都會讓這個小鎮繼續百年來的興旺。只是對岸現在需求量大，購買價格高，聽說台灣近五分之四產量都運往那兒。眼前的景象說不定是最後的榮光，以後白帶魚的價格會愈來愈貴，日後恐看不到今回這等熱鬧。

我還有一個困擾。過往的經驗裡，青眼白眶，瘦小的白帶魚肉質較細膩。在北台灣漁

港買到的偏向這款。眼前的卻多為黃眼，背鰭也帶黃。雖說這是一般油帶的特色。但也有人告知，會不會是來自外海或非洲熱帶海域的冒牌魚貨，肉質較粗糙。

到底該如何辨識呢？我急忙拍照，寄給漁會上班的友人。他隨即回覆，台灣沿岸的帶魚大概有三種：白帶魚、日本帶魚及南海帶魚（油帶）。但到底是哪一種，好像要去算鰭條數。只有學術研究才會去細分，一般市場統稱白帶魚。

未幾，他又熱心補充，根據一些研究顯示，台灣東北部「一支釣」漁船和全國各地定置網捕撈的多為白帶魚，而台灣南部快速雙拖漁船捕獲的，多為日本帶魚與南海帶魚。

一般捕撈上岸後，往往冷凍前就先處理和分切，如此可以保留其營養和美味，進口的白帶魚則要先解凍，才能分切處理，魚貨新鮮度不佳。本地與進口白帶魚價差之主因，當在此點。

天啊，只是一款魚，學問深似海洋。關於白帶魚，過年前，我應該還有機會學得更多，且先帶著困惑，空手離開。（2019）

台中港

失去名字的小村

我還是喜歡它的舊名，甲南。一看這名字，望文生義，大甲就在不遠的北方。

台中港站，一如台灣大道，是世俗化官人視野的新名，二十多年前即已更改，但我耿耿於懷。這兒一點也不靠海，反而緊鄰大肚山台地西北端。有一條鐵道支線，專門運煤送石，或載穀物之類。往西橫伸十多公里，才會接近海洋的淺水港口。

近午了，欲找一家小店用餐。沒幾十步，十字路口橫著一條中山路。這個素來代表熱鬧街景的名字，在此卻是一片死寂，只有公車站牌斜斜對望。還有離婚廣告、越南新娘介紹等等，一如周遭村落，利用公路護欄和牆壁貼得醒目。

過了對街，有一家阿秋檳榔。名字叫阿秋這類的，多是傳統小店鋪，後面坐有婦人，或者空著。緊鄰的叫佳味飲食店，廚櫃沒什麼食物，只有一位阿嬤坐在外頭的椅子吃稀飯。

R20 火車頭

再隔一二間緊閉的民宅，如美茶坊是賣早餐的，廣告招牌寫著漢堡、涼麵、蘿蔔糕等，店裡面兩張醒目的傳統象牙白理髮座椅。以前合該是理髮店，現在兼做早餐。又沒幾間，先是順生藥局，隔鄰另一早餐店叫美又美。台灣鄉野的早餐店，店名最多的字，大概就是「美」。

甲南社區最多也是早餐店，大抵有四家。再往前又是水田環境，但我看到一塊塊芋田穿插其間。以前搭火車接近大甲，芋田會不斷出現窗外。我現在佇立田埂邊，看得更加清楚。

有一畝，分成大小兩塊，中間隔著一區青綠的水稻。小畝田不及大的十分之一，芋葉不高，不少福壽螺。大的那塊，葉子發育良好，墨綠如不遠的鰲峰山，想必有施肥加藥，照顧得周到。小區域的芋田日後長出的塊莖，才拳頭大，且不好看，卻是自己吃。大的那一塊，各個塊莖肥碩，展現紡錘之美，應該能在台北賣得好價錢。

接著是寬闊的高架橋，橫跨眼前的天際，沒什麼綠色郊野風光了。它們分別是快速道和國道，讓清水和全台各地順暢地緊密連接。水泥下的路標，清楚地指引車輛方向，但忘了行人也要找路。

在這一被忽視的狀態下，我迷路了。

彎過一個十字路，誤上國道四號的入口。此時，看到了甲南最豪華的商家。一間十公尺長十來坪的藍色玻璃大屋，豔麗而奪目地坐落在交流道的位置，叫水舞流行口味檳榔，下頭還有一小排英文字「fashion house」。

這是當代的，和剛剛的阿秋形成強烈對比。裡面有張高腳轉椅，坐在其上的，當然不會是中年婦人。一位濃妝豔抹的妙齡少女穿著比基尼，外頭再套上淺短的透明薄紗，蹺著腿，專業地把一顆顆檳榔子拌好石灰。

在寬闊公路迷路的我，試著進去問路。我沒買檳榔，有點擔心問道於盲。結果才講不到幾句話，後面竟有一道密門打開。一位小平頭的壯碩漢子，露出狐疑的凶相。我朝他微笑客氣點頭，心裡卻是一緊。如果我是開卡車或轎車到來，他應該不會出現。在他充滿敵意的探頭下，我慌得忘了，西施跟我說了什麼。

倉皇離去，繞了大圈，繼續迷路。好不容易，穿過國道四號的涵洞，眼前一條橫向海邊的鐵道，猜想便是甲南站的支線了。

沿著鐵道走，抵達一戶三合院農家，黑瓦紅磚牆，周遭都是水稻田。這戶農家單獨而完整，周遭彷彿六〇年代風景，我因而忘情地站在鐵道上眺望。中途有一修葺良好的田邊小祠，可能是營頭。跟祂虔誠敬拜，再抬頭，清楚看到清泉國中坐落在水稻中央，全台很少這樣環境的學校了。

下午在學校講演結束，準備走回車站。校門前的平交道嗡聲大響，火車要來了，特別駐足觀望。只見一輛 R20 橘紅色火車頭，緩緩駛過來。經過青綠的水田時，我繼續回到六〇年代的某一況味。

再過兩三小時，小火車會駛回，後頭拉著長長的煤炭列車，或是穀物，繼續經過眼前的鐵道支線，運到甲南站，再轉送台灣各地。這一美好的產業情境，經過我的快樂想像，頓時形成此間鄉野必然的美麗風景，讓我忘了一路走來，目睹一個小鄉鎮的失落。（2014）

清水

揮手的少年

春初清晨，從追分站上車，遇見一位少年隻身搭乘，頸部懸掛著一只相機，手拎腳架。

初始，我顧著和朋友聊天，並未注意。直到火車過了大肚，才瞥見他的相機貼有台鐵標誌，因而好奇地探問，「你是鐵道迷嗎？」

他靦腆地點頭。我看他年紀甚小，恐怕還未讀高中，結果發現，少年才國中三年級，五月就要會考。

馬上就要考試，而且是第一回升學的重要關卡，他竟敢出遊，我繼續探其因由。他答以今天是週末，特別利用一早，抽空到彰化，拍攝蒸汽火車頭，現在要趕回清水家裡讀書。

我很訝異，他如何知道蒸汽火車頭出現。原來是透過網路的鐵道社團獲得訊息，十幾來年難得一回，因而無論如何，都要利用這時前往。

在清水站分手後，原本以為，只是一樁擦肩而過的小插曲。不意，半小時後，他從臉書傳來一則簡訊，問我是否叫劉克襄。

我大為吃驚，隨即給予答案。他又馬上回覆，在課本讀過我的文章，上面有我的照片。他覺得面熟，回去核對後印證無誤，很後悔沒跟我拍照。我不禁笑開懷，隨即加為臉友，順便上網觀看他的攝影作品。果然，捕捉的主要是火車相關畫面，而且集中在家鄉海線。

整體觀之，攝影角度和畫面已臻上乘。光看圖像，很難想像會是一個十五歲孩子的作品。不禁再好奇探問，現有鐵道專家，哪一個他最喜歡，他隨即推崇年輕的古庭維。

鐵道研究向來是台灣少年最常懷抱的夢想，著迷的成員人數大概僅次於航空飛行，卻最能在壓抑的年紀實踐，進而藉此抒發鬱悶。理工科學生，想要跟人文歷史對話，透過鐵道延伸的生活知識，顯然也最易親近。過往看到高中生搭火車旅行，我都特別鼓勵。但出乎意料的，這孩子只是國中生。

國三了，仍願意割捨時間，為自己熱愛的鐵道事物，旅行到他方。只為目睹一眼蒸汽火車頭，拍照留念，更教人驚歎。儘管不是什麼壯遊，仍是非比尋常的決定。當然，若沒父母親的支持，大概也不易實踐。

在火車上，我繼續以 messenger 探問最想考上哪裡？他期望能考上大甲高工，日後可以搭乘火車上學，繼續鐵道探索。甚而，未來可以當火車司機。我看到他心意堅決，這麼小就立定志向，真是欽羨。或許，他的學校成績並不傑出，但有此熱情和毅力，恐怕不是每個少年都能抱持的。

再看他的臉書，每星期幾乎都有拍攝紀錄，看來花了不少時間經營。一個承受升學壓力的國三生，仍繼續追尋自己的理想，這是何其幸運的青春。不久前，他還前往宜蘭，也曾南下嘉義拍火車。透過火車，他遠比其他同齡的孩子更早和土地、鄉鎮對話，展現了無比的自信和樂觀。

如果孩子能培養這樣的熱情，追尋自己喜愛的事物，不受社會功利價值判斷，父母親也從旁鼓勵，現有的教育問題勢必會減少很多。我篤信，那是他未來生命成長最豐厚的資產。

後來再回信，告知待會兒，還會搭火車折返清水。因而寫了時間探問，有無可能見個面。過好一陣，他回信，婉拒了我的提議。事後想到他還要準備會考，我對自己唐突的邀約，不免感到慚愧。

等我從北邊的通霄回來，接近大甲時。突然又接到他的簡訊。問我是不是快抵達了。我大感意外，他竟還記掛在心。問他是否改變心意，準備到清水站來碰頭。他說正在趕功課，不方便出門了，但會走到陽台，跟我打招呼。

我追問，在哪裡？他說火車過了平交道時，可以往西邊公寓的二樓陽台注意，他會跟火車招手。他反問，我坐第幾節車廂，想要看到我。我回覆，第二節。

結果，過了平交道，我開始揮手。但火車經過的速度太快，我沒經驗，手舉得太慢，也不知對方是否看到。相對地，我彷彿看到某一陽台有人影。

我有些懊惱，錯過此一機緣。儘管未再實際相逢，經歷這一回有趣的邂逅，近六十歲的我，跟這位十五歲的小鎮少年，意外地變成了好友。

下一回前往海線，經過清水時，我一定會再聯絡。看看能否隔窗，享受這樣遙遠的招

清水車站

呼。說不定，那時他已是大甲高工的學生，在不受主流教育價值影響下，繼續實踐自己的夢想。

祝福這位少年，未來的火車司機。（2016）

賣力揮灑的小站

冬末時，專程前往龍井。以前幾回搭乘海線經過，想下車瞧瞧，都因擔心班次太少而作罷。

區區三等小站，何來魅力，原來那是外公的故鄉。以前常聽母親說，三〇年代，外公就讀台中一中，或者後來去鹿港工作，很多回旅次都是從這裡出發，再轉往彰化、台中等地。我好想把附近的街路摸熟，規劃一些懷舊的行走路線。

另有一因，應是被車站的外觀吸引。區間車暫時停泊之際，往車站方向端望，總隱隱感覺，比其他海線的車站努力在做一番門面設計，連外頭的草木皆精心整理。我因而想探詢，究竟在這裡工作的站務員抱持何種心情。從正門觀看，又是何等風情。

況且，不遠處有一龍目井古蹟，一直未去拜訪。身為台中人竟不知其位其貌其形，好像有所虧欠。台中一中同窗陳德泉，同樣有著茄投遠親的淵源，對當地便瞭若指掌。

「你講龍井車站，我想到的都是龍目井，咱的古地名。」年過半百，學醫的他侃侃論述鄉土，常讓我這個文史工作者備感壓力。

年底，終於有一從容時間。大清早，在龍井下車的旅客不多，欲出站時，站務員好像發現什麼般興奮大叫。原來，他好像在電視上看過我，跟一位胖胖的主持過什麼旅遊節目，但一時忘了名字。直嚷道，沒想到此時出現，莫非要來龍井拍片。

我微笑告知，只是個人回到母親故鄉散步。

緊接，他快步走回值勤房，處理票務。我因閒閒沒事，乾脆倚在窗口聊天。他一邊服務旅客，順手提供一張印有龍井站的紙卡送我，同時央求，待會兒可否有榮幸一起拍照。

助人乃行旅最快樂之事，我不加思索即應允。於是待其有空，擇一花草扶疏之榕樹下合影。此時，站長出來，站務員正要介紹，豈知他隨即唸出我的名字。

一輛自強號即將過境，站長持紅旗要執行任務，我佇立柵欄觀看。他在龍井車站已服務十五六年，對此站的熱愛和熟悉自不在話下。海線風大，月台往往蓋有一簡單的長

龍井車站

方形小屋做為候車室，旅客可以遮風避寒。龍井的候車室修築得像輛可愛的單節電車停靠在月台，顯見設計者充滿巧思。

不單如此，旁邊洗手間的造型同樣別致，內部清理乾爽又潔淨。旅客若造訪，勢必滿懷感激。我歡欣出來，眺望期待中的車站。原本單調的水泥站房，如今以橫條木造牆壁加上帶著龍紋樣式的裝置藝術，活潑地展現了地名意象。

再觀察周遭公共空間，每個角落俱見處事者的用心。站房、月台、天橋都以藍綠色系搭配。或許你覺得俗氣，但看得出努力的心血。原本要走到龍目井探看，不免被這樣的悉心挽留。

海線班次少，站務員不至於忙得昏頭轉向。於是，再折進小車站，繼續從窗口跟他們互動。

站務員正專注地服務一位旅客。那人要買十來張敬老票，從此地坐到花蓮，光是票務的輾轉就得花個八九分鐘。他看到我還在，馬上泡了一壺好茶，想要款待我。

我問及車站的建造，站長順勢出來介紹。龍井原本和大肚一樣都是同款造型，但他們

覺得應該一站一特色，早在多年前便依地方風俗改變外貌。如今連接月台的天橋還會有一番亮麗改造，電梯也即將搭建，解決身障者的不便。

他興奮地描繪，但不是自吹自擂那種尋常小吏，而是想著能不能讓旅客到來時，在小站擁有貼心的情境。

設法給人溫暖，這樣待客的努力，正是晚近台灣人努力實踐的生活底蘊。小站濃縮的，可能便是這等外貌和內涵，以及這等美學形式吧。

從車站前往龍目井，約莫一刻即可抵達。過往文獻提到的龍目井「泉清味甘，湧起尺許，如噴玉花。井旁二石，狀似龍目，故名之。」只可惜，雙井之水已無人飲用，井口加蓋處長出青蕨，只有一水管流出，做為鄉人洗濯衣物之用。

不遠處，清水祖師廟祭拜的廣播聲響徹雲霄。熱鬧的吵嚷中，周遭一些鄉間彎曲小路，仍有卵石竹籬矮牆存在，其後則有廢棄倒塌之黑瓦土角厝，乃我所熟悉的靜寂家園。文獻亦云，「里人環井居，竹籬茅舍亦饒幽致。」畫家陳慧坤日治時代返鄉，畫的正如是也。這等風采的價值，不在過去，而是未來。

清朝時，這裡是南來北往，甚而東去大肚山的必經之地，歇息飲水之區。日治初期，海線通車後，才逐漸沒落。在此遙想車站的小小輝煌，我花更多時間在井邊感受人事倥傯的龍井。井邊多青苔，彷彿凝結了諸多歷史的往事。鋪天蓋地的喧囂，也盡在井水中沉澱了。（2020）

走路、吹風、打盹

星期假日在苗栗買不到自強號北上，乾脆先搭區間車去造橋。

造橋車站是座平頂建築。線條簡潔大方，趨向現代主義風格，明顯著重實用功能。類似的空間格局，沿縱貫線還有銅鑼、泰安和清水等車站，都在一九三五年關刀山地震後完成。

車站如今已廢棄，變成無人管理的招呼站，但周遭景觀才大事整修。車站右邊廣場，以老榕樹為中心，出現了枕木座椅的納涼廣場。左邊日治時代台鐵宿舍，保留為文化園區，搭配整個小村的社區再造。

抵達時已正午，天氣炙熱，對面黑瓦小屋的中藥鋪，幾位老人家好像談論完事情，各自離開。老板吃力地拉好木板門，準備午休。個把鐘頭才來一班的苗栗客運經過，此後一切死寂。唯有一家ＯＫ便利商店，尚有些許人煙。順此路右轉，不遠處，坐落

一間廢棄紅磚屋，昔時為二樓高的輾米廠。許久未訪，不知還健在否。

遙映車站的山巒，現在鋪設了桐花步道。一九〇四年《台灣堡圖》裡，當時還有一舊路通往談文車站，想必和此山路有些重疊。如今稱為口山古道，從路徑研判應該是昔時農民上山拓墾、挑木炭和運送物資的舊路。

站前的旅遊地圖，畫有一條短短的M字型步道，稜線上種著烏心石、光臘樹和七里香等，昔時則有長枝竹沿著稜線成排栽種，看來沒什麼經濟作物，但翻過山頭，緊鄰公墓地區，如今是現代化的豬隻飼養區，防疫措施做得相當嚴謹。

我走到老榕樹下，卸下背包，圖個陰涼。涼風習習，舒暢得不想再起步。一位中年婦人剛用完餐，過來小坐。她說吃飽飯，最美好的享受便是在這裡吹風，打瞌睡。我莞爾一笑，接受她的看法。兩人都如此認同，微妙地便有了些探問在地近況的談話。

沒想到是本家，聊得更加起勁。我隨即探問輾米廠的近況。她不曾聽說有此一間，這倒是讓我極為驚訝。後來才知，她雖是造橋人，返鄉不過六七年，前些時都在周遭鄉鎮晃蕩。回來並未就業，偶爾曾參與山路的鋪造，因而對後面山巒的情況便了解許多。一天工作修路一千元，但她寧可在老榕樹下吹涼，比男人更老翁狀。

造橋車站

闔眼近一小時，起身去昔時輾米廠的位置觀看，如今剩下頹圮的屋牆，鋪了些草皮種植花卉，輾米廠消失了。走回中藥鋪，木門又開了。寂寂之日，兩名小孩在廊下玩遊戲。附近無柑仔店，中藥鋪顯然是此間集聚的場所。

午休一陣，在地老人家又過來碰頭。二十年前來此，這樣的聚會便有三四人，長時坐在老舊的木椅，遙望車站，盯著任何進出的旅人。一邊相互叨絮，沒什麼大事地喃喃聊著。

走回老榕樹休息，繼續跟中年婦人聊天。她跟我抱怨文化園區的整治花了好幾千萬，如果分給大家，整個村的生活一定很愜意。

火車剛剛離去，我錯過了。下一班還要半小時，只好繼續躺下來。想像著，若由此翻過口山步道，走到談文車站，除了豬舍，不知一路還有何種鄉野風景。

又坐了一個多小時，涼風下，瞇眼打盹好一陣，聽著又一班苗栗客運經過大街的聲音，猛地驚醒，剎時不知身在何時何地。藥鋪那邊的老人們依舊望著我，視線不曾離開過。

陽光依舊炙熱、明亮，我的精神飽足了。望著前方的淺山，決定橫越到談文，或者是更遠的大山，從海線回台北。（2015）

苗栗

走賣賺健康

老先生站在月台候車，肩挑扁擔，擔頭各掛有一只茄芷袋。

初春早上，往北的山線區間車即將入站。我注意到扁擔樣式老舊，毫無龜裂之痕，看來保養允當。禁不住上前探問，「歐吉桑，這枝扁擔很貴重喔？」

他點點頭，沒搭理我。

我繼續猛瞧那根因歲月磨損，發出暗褐亮光的扁擔，不斷發出稱奇之聲，彷彿發現了世上稀寶。

老先生這才開口，有些得意地說，「這一支才七元。六十多年前，我一口氣買了十支。」

聽到「七元」，又是一甲子，難免教人吃驚。更讓我好奇的是，為何他買了十支？

「一支可以用很久，買這麼多幹什麼？」「很便宜，買來備用啊，還可以送給其他親朋好友。」

我望著茄芷袋，嘗試延伸問題，「以前有用米籮嗎？」

他點點頭，似乎喜歡我的提問，大概很少人會跟他聊這個議題吧。話匣子一開，談勁便深了，「最早是用它，後來改為藺草。不過，藺草的擔負力不佳，挑沒兩三回就壞掉。這些事都很久了，我現在都改用茄芷袋。很多人用塑膠籠子，但我用不慣。」

區間車抵達後，我們上車，面對面坐下來，隱然是熟稔的朋友了。

「歐吉桑是叨位人？」「苗栗啦。」一聽口音是客家人，但用流利的閩南語應答。

「你挑東西到台中賣嗎？」

「是啊，我都是騎腳踏車到車頭，五六分鐘就到，再坐車下來。」老先生再次強調，

「苗栗到台中，區間車一個多小時，我已賣了六十多年。」

「但你看來很年輕呢！」「八十歲囉。」

我再核算他的年紀，不禁訝異道，「難道你十幾歲，日治時代就賣了嗎？」

老先生略略微笑，岔開話題，驕傲地說，「小學畢業後，我讀過日治時代的農業專修。」

我點頭附和，趕緊帶回自己想要問的，「都到台中賣嗎？」

「是啊，經常早上六點多出發。近午這個時間就要回家了。」

「你都在哪裡賣？」「第一市場附近。」

第一市場現在沒什麼菜攤了。他又自言自語，好像在回憶似地答道，「附近都是熟識的老朋友，也有他們的第二代，都是熟客。以前生意很好，現在景氣差了，難賣許多。以前不少人，從苗栗擔東西到台中來，賺了不少錢。但是，我沒賺到。」

望著茄芷袋仍鼓鼓的，我又轉了話題，「你賣什麼？」

「福菜啊！還有酸菜、梅乾菜。」

他蹲下身，打開袋子，裡面果然都是芥菜做成的三款醃製品。秋末冬初，芥菜盛產，到了此時正是販售的好時節。

「你只賣這個，划得來嗎？」我有點困惑。

「年輕時也賣別的，現在只專心賣這個。老人工，賺不了什麼錢。但賺一個身體也好。」

答得真妙！我注意到初期葉子攤開的酸菜，可能尚未晒妥，一大包只賣二十元。還有晒乾許久，綑紮成團的梅乾菜。一包九個，只賣八十元的佛心價，當下便買了幾包。

拿到後，捧在手裡嗅聞，濃烈發酵的香氣，撲鼻而來。

老先生的聲音放大，「我的都沒有放防腐劑。」

以前在關西常跟客家婦女購買，約略知道梅乾菜的做法。冬天芥菜長成，最單純質樸的醃製方式，就是倚靠粗鹽、陽光，加上空氣的自然發酵。再加上，不斷花人力和時間，反覆翻晒芥菜，不須任何化學添加物。

我買梅乾菜，只是想向他致意，沒想到老先生如此強調。我不疑有他，更加高興地點頭。

我即將在泰安下車，希望日後還能在台中街上遇見他。若不是今天有事，也想尾隨去苗栗，看看他的住家環境。

我再問，「平常什麼時候會到台中賣？」「一個星期去兩次。」

我繼續追問，「哪幾天？」他回答得很妙，「天氣好的時候。」

我點點頭，望著窗外，今天的的確是蔚藍晴朗的好天氣。以後遇到這樣的日子，應該會想起他吧。希望他繼續常保健朗，肩擔茄芷袋，一如先前的六十年。（2014）

賣梅乾菜的老先生

銅鑼

綺麗的山城市場

若從台中出發，南田中，北銅鑼，都是心目中漫遊郊野的大站。

在這兩座車站下車，走往遠方之前，拜訪菜市場也成癮癖。銅鑼客家人多，愈加有一
內山小鎮的奇妙氛圍。

我何以對銅鑼如此看重，應該是從獸肉店開始。這樣有趣的店名，最早便是在此邂逅，此後沿台三線多所見聞。仔細探問店名之意，大抵是販售豬肉，或者豬肉批發之意，因而得此總稱。但我總以為，過往應該還有其他山產，至少老人家都會提到一些。

來此多回後，最偏愛的是在地早餐。一趟郊野行程，若能有市場的食物加持，彷彿一起步就是美麗的出發。

郵局旁燒餅店的薄餅夾蛋加油條，我和山友最愛買了上路，再跟陌生的阿公阿婆一起

搭乘客運。接著在車廂裡快意地啖食，更有貼近在地生活的情境，身心也跟著這等體驗，浮升諸多快樂。

有時也會轉換口味，改到銅鑼市場買客家粿食。那裡有三四攤，毫無一般旅遊市區的商業氣息。琳琅滿目的在地點心，精彩地保有道地傳統口味。價格又便宜實惠，讓人好想每種都嘗試。其中的芋蔥粿和粿葉菜包，我總是毫不忌口地多買幾個再上路，中餐便常吃得飽足。

但我還有一個願望，始終無法達成。路口的蛋餅，每回去都大排長龍。在地人總是有時間靜候，而且常一買十來個。生活彷彿沒啥要事，一整日就等著這攤早點出爐。因而像我這樣週末才去的外地人，若無豁出去的閒暇，根本毫無購買的機會。試了幾次，果然都鎩羽而歸。

在這裡買菜，屢屢聽到客國台語交雜對話，彷彿各種語言都能水乳交融。我也特別偏愛跟客家大嬸或阿婆買蔬果，直覺她們都是在地菜農。

有次遇到一位新雞隆來的大姐，因為對那處封閉的山谷充滿濃郁情感，且去了多回。這樣的巧遇，我常懷有熟稔的快樂，彷彿遇到故鄉來的親友般興奮。

但，哎喲，年紀大了，竟忘記她的名字，好像姓張，住在彭屋上去一點的住家，接近八燕坑別墅區。上回在那兒，友人跟食蟹獴家族錯身，我則記錄了石虎的排遺。幾乎每個路段的景色，還能朗朗上口。

我們聊到適合鳥瞰的觀音山時，特別有共鳴。她的攤位在打鐵店對面，內容有仙草、蒲瓜、冬瓜、韭菜、隼人瓜和金桔醬等，相較於其他老嫗老漢，菜色內容算是豐富，不愧新雞隆之名。

但其中有幾包過貓，讓我非常困惑，因而一再追問。她說，過貓是此地附近田裡種的，原來大姐在銅鑼附近也有塊田。這樣據實以告，顯見其憨厚。若說山地也有，我真要疑慮不安了。

她賣的也比隔壁大媽便宜，人家一條絲瓜近五十，大姐的絲瓜只及三分之二，三條加總也是這價錢，把遙遠山區的寬厚都帶下山來。

我想煮絲瓜麵線，但鎮日還有長路要走，因而央求賣我一小條。她只取十五元，既不抬價，也不附帶要求，逼我多買些什麼。重點是那日帶回家削皮煮湯，只用少許鹽，滋味新鮮清甜，好後悔沒多買幾條。

銅鑼車站

打鐵店是我走逛市場必訪之地，透過各款式的工具，地方農作認識得更多樣。有回老板在修理一根九贊頭（青剛櫟）舊鋤。他的前面還有一排十來把，我問這一排都用什麼材質，他說同一樹種，但外國進口的，台灣已無人使用本地貨。本地九贊頭乏人截取，也不允准胡亂砍伐。這說法不盡然對，但也接近真實。

友人說這裡有賣益母草的，但我好眼弱，遍尋不著。以前在台中見過賣益母草幼苗的婦人，這樣的市場風景愈來愈少了。

各地都這樣，無論閩客，小鎮菜市場假日總是有不少附近農家小攤，擠得街道熱熱鬧鬧。公有市場反而稀落了，沒什麼人進去光顧。

對了，還有，還有，銅鑼街接近中正路，客家傳統粿食對面，那家老式木房，低矮的，小小的，似乎沒什麼顯著名字的麵攤，又好像叫什麼鄉村，只賣牛肉麵、湯麵和炸醬麵三款，地方評價頗高。早上七點起鍋開爐，無法定出結束時間。市場的小吃就是這麼自負。

精彩的市場小吃乃一地生活之肺腑。路過多回，不曾聞香下馬，改日或該去品嚐看看了。（2020）

導盲犬帶我去壯遊

導盲犬貝西帶著視障主人，再次參加我導覽的一日小旅行。

但這回不是一般城市的老街漫遊，或者河堤散步。我們要翻過三義地區的淺山，體驗挑炭擔鹽的路程，同時認識石虎棲息的環境，再慢慢繞路回三義老街。

貝西可以勝任嗎？

這是第二次要跟貝西碰頭。去年七月，搭乘火車來去縱貫線，走了彰化的四個城鎮。天氣有些燠熱，柏油路面傳熱快，我們有鞋子保護，貝西可是四腳長時踩踏，走得自是不安。初次練習牽牠的夥伴，帶得也有些辛苦。

一般導盲犬在見學階段，往往由寄養家庭帶至公共場所出入，習慣各種環境，以及熟悉搭乘的大眾交通運輸工具。這些都是為日後服務視障者，做好周延的適應與準備。

經過這一階段社會化的教養時期，如今牠又成長不少，是條訓練有素的導盲犬，約莫六歲，平常可以走三四公里。

但三義的野外挑戰更為嚴苛，不知會遇見什麼狀況。只是往好處想，一年未見，牠也見識多了，應該比較沉穩吧。更何況這回是主人親自引領，條件相對有利。

自己雖如此安慰，等時間迫近了，還是忐忑不安起來。我開始忖度，一路上每個點可能遭遇的情景，或許會發生危機的地方。

依序如，當天上下火車的各種台階，三義車站是否有電梯，柏油路面的鋪設內容，穿越狹窄田埂的難度，以及上下斜坡等問題。幾乎每個位置，我都試著，從一隻導盲犬的角度思考，再試著重新微調路線。當然，我不是狗，無法確知牠的想法，只是努力揣測著。

我最擔心的是，中途有一村子，無法繞路避開。那兒住了四條土狗，平時為了防止小偷竊取木頭，訓練得相當凶悍，凡路過的行人都會被其震懾。貝西走過，勢必會引發威嚇之聲。雖說牠們都綁著鐵練，但齜牙咧嘴想要撲前的形容，總是讓人驚恐。我以前遭遇過，很擔心貝西在四面楚歌下，容易被嚇著，頓時慌了手腳。

我和浪犬

一隻導盲犬在成長的訓練過程裡，儘管有這類遭受突發威嚇的測試。但實際情形，有時更加險峻。出發前一刻，我特別提出警告，主人聽了笑笑，頗有信心地摸著貝西，表示願意接受挑戰。人家都不怕了，我有何理由勸阻，自是硬著頭皮朝村前去。

果然，我未料錯。經過那村子時，貝西的出現引發了可怕的狂吠。牠也沒回應或吭聲，但村子裡的狗就是能敏銳地察覺異樣。這回也不只四隻，因為貝西的關係，多了三隻沒綁鍊子的，頓時從院埕衝出。以前去了六七回，都沒見過這麼多狗。貝西的安靜經過，反而是嚴重的挑釁。牠們的叫聲亢奮，充滿敵意，彷彿整個村子都生氣了。如此巨大恐嚇，貝西還是臨危不亂，顯見在受教過程訓練有素。又或者短短一年裡，牠成長不少。

通過這個考驗，我比主人還開心。只是沒想到，貝西遇到的麻煩還在後頭，抵達挑鹽古道後，一路緩坡，鋪的都是卵石。貝西什麼路都走過，偏偏就是沒經驗上卵石階梯。這個挑戰幾乎難倒了牠。那尷尬好像有些人是攀岩高手，卻毫無健行能力。

卵石階梯相當狹小，過去是專門為挑炭擔鹽的在地居民鋪就，根本難以並肩。兩百多公尺的山徑，僅容一人走上去，加上都是零零落落的不規則卵石，貝西無法和主人並肩。貝西的成長訓練裡，沒這門功課。還好其他夥伴相當幫忙，貝西在前，主人在後

之下，還是安然度過。

平常不外出，甚少運動的人，走這一小段路，應該還可承受。貝西雖未露出煩躁不安，但休息時，整個貼著地面，靜靜地沉思，不像其他家狗祈求人的摸頭憐愛。但我猜想，牠心裡的負擔恐怕比什麼都重，或者因為壓力已累癱了。

一日小旅行，設定的議題是認識伯公小廟和石虎的棲息環境。原本旨意，應該是由我告知其他夥伴，如何了解淺山和友善森林環境，但後來回想，反而是自己跟著一隻導盲犬，擁有了不同角度的學習經驗。

上回的鐵道旅行亦然，許多城鎮的商家往往不歡迎寵物走進，貝西的出現，讓他們打開眼界，認識視障者和導盲犬的關係。參加小旅行的人也更清楚了解，各地無障礙設施的狀況。

貝西不僅在幫助主人重返社會。經由牠的出現，我看到更多公共空間可以改善的地方。謝謝貝西的引導，牠不只讓主人見識擴展，我們亦然。（2017）

后里

發傳單的小鎮少女

高中時，跟同學搭火車去后里騎馬，內容為何記得不了，但一直惦念著后里車站前的街景，左右各有一寄棟式木造老屋，日治時期的氛圍總是隱隱約約。

有天從三義搭區間車回台中，想到好一陣沒去，臨時起意特別去探看。T字型的街道，如常在眼前素樸地開展。

才出站，一位少女走到面前，手捧著在地旅遊的宣傳單，親切地探問要不要租車。她套著一間租車行的工作服，長髮及肩，戴著寬厚眼鏡，青澀生嫩的臉龐，露出一對小虎牙。我聯想及日本少女的可愛形容，微笑地婉拒了。

她聳聳肩，有點惋惜的表情，緊接向我對不起，彷彿干擾了我的行程。但仍在旁邊佇立，繼續發傳單給出站的旅客。旅客不多，因而沒幾張發出去。我怕她失望，主動上前，索取一張。

她轉而好奇，何以我又想要了。我表明自己是鄉土教學老師，過些時日可能帶學生來此走訪，說不定會租車。少女知道我是老師，高興地繼續跟我寒暄，介紹周遭的旅遊環境。

那天是星期二，我困惑地探問，「不用上課嗎？」她表示今天沒有課，所以在此發傳單打工。

「哪裡的學生？」她回答，台中科技大學一年級。豐原高商畢業後，便考上那兒，但老家仍在車站附近。

知道是在地人，我好奇地追問，以前臨時的舊火車站。她指著右手邊一座看似倉庫的房子，「我阿公在車站工作過。」

我有些驚喜，「左邊的木造旅館，還營業嗎？」

少女認真點頭，「有啊，只是臨時拆下廣告招牌。一百多年了，一位阿嬤在裡面看顧。有時我還幫她介紹遊客住宿，裡面有很多老舊的木造家具。」

當下她便帶我去探看，順便打招呼。行經多回，初次走進這間寄棟式的房子，自是欣喜不已，轉而跟少女致謝。

薩克斯風店是后里地區的文創產業招牌，不遠也有一間。我走往那裡，她又跟了過來，繼續介紹，「這就是我打工的租車店。」

原來對面有家嶄新的腳踏車店，提供租車服務。她又指著薩克斯風店隔鄰的老雜貨店，「這家也有一百多年，大愛電視台才來拍戲劇。我們的車站前有兩家雜貨店。」

我心頭暗自稱許，她怎麼懂得這些。走過去觀看，果然古意盎然，其中一家把昔時雜貨的琳瑯滿目完全展現。我看得瞪大雙眼，不敢相信眼前的情景。她走進去，親切地跟裡面的阿嬤和阿姨問好。

我愈加驚奇，「怎麼你也認識？」

「我從小在這裡長大，大家都會打招呼啊。」

后里車站非常奇特，或許是馬路過於窄小，站前的甲后路竟無公車站牌，半公里之內

亦無市場，最熱鬧的街市遠在內埔一帶。火車未停靠時，相當清靜。她沒有遊客可以發傳單，我也忘了前往薩克斯風店。繼續站在雜貨店時，我像社工人員展開訪問。

「十八歲為何就打工？」

「經濟不景氣，同學們都在打工。」她覺得自己也需要，不能老是靠家裡給零用錢。更何況，最近為了通學方便，想買一輛摩托車。買摩托車需要大筆錢，以後賺了錢，還是要慢慢還阿公、阿姨和爸爸。

「會不會羨慕台北的都會生活？」

她猛力搖頭，「在這兒認識的人很親切，彼此會打招呼寒暄，大家都很和藹。到了台中市，明顯地冷漠許多。」台北顯然太遠了。

「喜歡聽蔡依林、周杰倫的歌？」我這老漢認識的歌星就這麼二三人。

她點點頭，「當然喜歡，要不然，沒辦法跟同學聊天。」

「想不想去聽他們的演唱會？」

她遲疑一下，再次搖頭。「太貴了，多存一點錢，比較實在。」

「有沒有想到將來要做什麼？」

「畢業後，希望快點進入職場，應徵文書工作，或者看看有無機會投入文創產業。」

話匣子一開，我馬上回到本行，「如何看待家鄉的車站？」

「這裡是安靜的小站，一直沒有熱鬧過，但我喜歡在這裡生活。」

就這樣嗎？她想了想，搔頭呵笑，「這裡是上后里，接著是下后里，沿著后甲路，如果有顆籃球往西邊丟。球會一路往下，滾到大甲海邊去。」

我大為驚訝，她對地方風土看來不只是熟悉，而是早就內化，進入生活狀態的認同，很少年輕孩子有此養成。

行經后里的里山動物列車

為了跟她聊天，接連耽誤了兩個班次。天色已晚，忍不住再問，「我必須離開了。妳父親會提到自己小時的地方故事嗎？」

她天真地搖搖頭，所有的小鎮信念，似乎是靠著生活的點滴慢慢自我萃取。跟她道別，走進月台，她親切地在後頭喊，「老師再見。」

我回頭跟她揮手，心頭滿懷雀躍。沒想到一次意外的旅程，竟能跟一個熟識鄰居老人的女孩結緣。現在這樣對自己家鄉嫻熟的年輕人可能不多，多數人的成長過程裡，往往缺乏對家園的認同。但這個小鎮女孩不僅接地氣，還充滿無畏的信心。

那天再搭上火車，從車窗一直看著她佇立的身影離去。後來經過后里時，總是會多瞧一下車站，期待再看到她的身影。

有回下了站，還跑到店裡，跟老板探問她的近況。聽說她畢業後不久，便結婚懷孕了，繼續住在附近。

老板仍在開腳踏車店，寄棟式老屋也依舊。（2013）

豐原

消散的風景

大台中鐵路高架後，多數人的關心集中在擁有百年歷史的台中火車站，卻忘了另一座大站，豐原。唯有在地文史團體不斷請命，希望透過歷史資產保留這處地標，但還是擋不住去蕪存菁的民意。高架化沒幾天，老車站便要拆除。

拆除前幾天，我特別搭火車前往，觀望這一座圓弧頂造型的站體。旁邊的日治時代警局已然成為重要古蹟，整理亦完善。站前還鋪有葡式碎石路，切割出一個廣場與花圃。

有位阿公在花圃摘草。我看他摘的是兔兒菜，不禁停下腳步，好奇地探問。他說這兒沒有噴灑農藥，煮青草茶最好。兔兒菜清肝解熱，單方加黑糖熬煮即可，炒菜食用也是一帖，市場常有販售。只見他野菜滿手，笑得樂開懷。每過一陣，他都會來此採收，簡直把車站廣場當菜園。

他摘了好幾把，綑綁後放進草地上的茄芷袋。茄芷袋旁還有一只大塑膠袋，裝了許多菜瓜布，有些仍夾帶著黑色種子。瓜體本身則有長有短，色澤亦不一。端視這兩大袋物產，看來都是要做買賣。

火車站最迷人的風景，往往是有些人會從鄉下小站搭乘火車，擔著貨物到大城販售。我猜他應該也是，因而繼續跟阿公聊天。他跟我是本家，乃在地人，老厝在東南邊中陽路附近。自己擁有一塊菜畦，種了不少菜瓜。

阿公攜了那麼多菜瓜布和兔兒菜，到底要去哪叫賣。他給了一個異想不到的答案，竟然要拎到遙遠的基隆販售。

這兩種蔬果在中部相當常見，賣不到好價錢。但基隆多雨，兔兒菜產量稀少，一把可賣到五十元，大家搶著要。另外，菜瓜布價錢不一，長的一百，短的也有八九十。

原來，他在雨港還有一住家。每個星期，回來豐原老家照顧菜畦，順便摘藥草和菜瓜布北上。回到雨港，他都在第一分局旁邊的東和大樓擺攤。但當地人都不相信，他遠從台中，拎到那兒。更何況，還是從豐原車站前的花圃摘採藥草。

聊得興起，阿公要我猜其年紀。沒想到竟九十有一，以前當過日本兵，育有四兒二女。因為身體非常硬朗，仍然單獨過日子。他快樂又滿足地跟我說，今天摘的藥草若賣完，從豐原來回基隆自強號的車資都抵消了。每次來回，他都是這樣估算著交通所得。兔兒菜是車資，菜瓜布可當零用錢。看來，阿公有顆精敏的腦袋瓜。

庶民搭乘火車到城裡做生意，晚近十年，已不多見。我勉強還記錄了六七位，多半是擔挑貨物到台中、豐原販售。像他這樣逆向，從中部市區的綠地採摘藥草，遠到北部去販賣，倒是奇特的一例。

以前我去豐原車站，往往是從那兒再轉乘豐原客運進入中央山脈，或者到廟東市場用餐，又或在不遠的三民書局看書。如今老車站結束營運，本來只是去緬懷。未料，阿公帶給我意外的驚喜。

豐原客運

老車站一拆除，前面的花圃連帶也要變更，阿公無藥草可摘，恐怕得另謀車資。遠遠看著他繼續彎腰摘藥草，那背影跟舊站的形體一樣教人懷念。不用懷疑了，生活最美好的風景，往往是如此驚鴻一瞥。

每座城市的地標消失，極可能都隱喻著某一時代的不再，某一過往價值的消退。當下，我也愈加理解，在地文史團體積極搶救的因由。但時代巨輪總是無情地輾過，壓碎我們來不及搶回的生活記憶，只好以文字勉強記錄。（2017）

台中

必要的舊站

台中舊火車站營運的最後幾日，有人滿懷感傷為它唱歌，也有人舉行感謝儀式。只是這些好像都欠缺了什麼。不是來不及，也非文獻史料不夠豐腴，而是再怎麼回顧，我們對這座百年車站的認識，或許這時才開始。

它當然是棟典雅的歐式建築，帶著華美而富麗堂皇的樣式。但看久了，真的有一種風塵僕僕的況味，因為無數旅人的來去，透過百年的生活浸潤，慢慢孕育出今日的好樣。尤其是，旁邊那座現代恢宏的新站逐漸完成，開始使用時，更加鮮明地形成高貴地遙映。

直白地說，舊車站帶給我們的，不只是一棟日治時期建築美學的質樸實例，或者是生活交通要站的記憶。它矗立在那兒，絕對還有好幾種提示。

其一，擁有文化底蘊的城市，不必然非得追求大樓和高塔的地標，而應以維護過往的

生活風物為傲。懷有這樣的前瞻，舊車站保留了，未來做為鐵道博物館，才能展現其存在的價值。

它的雍容坐落，也是到了現今，我們才有足夠的沉澱，清楚地確認，這是台灣最美麗的剪影之一。那是我們以後再怎麼模仿，都永遠難以承傳的建築美學。

次則，經過戰亂和都市交通整建，它的完整無恙是良善的精神指標，隱隱寓意了和平之重要常態，以及大城的繁榮和穩定。

九二一時從遠方趕回台中，九一一時準備離開家鄉，那時都懷著鬱卒的心情，不知世界何去何從，或者對生命動搖。但等候火車時，看到舊車站的矗立，以歷史光榮之姿，繼續在愈來愈快速的時代，靜寂而莊嚴地坐落著，我便覺得世界會在未來，充滿希望等待我們。或是，繼續朝不可預期的美好前行。

我們可以在各種挫敗中，找到勇敢活下去的堅強理由。一棟內斂淳厚的建築，總是給我這樣強大的信心。

再綜觀之，我們會不捨，更因為它一直在營運，從未歇止。每個時代都有不同類型的

台中車站舊站

火車，停靠它的懷抱，然後再徐徐出發。如是一座城市的停停動動，彷彿世界還有一顆緩慢的心，仍跟我們緊緊黏在一起。

情境如是美麗，這幾年搬回台中，我更喜歡騎單車穿過街道，隨興停靠，或者利用後來的ibike，在火車站前下車。愉快地走進去搭乘區間車，轉乘到遠方。雖說老城區沒落多年，但這種生活底蘊比什麼都醇美。

如今隨著鐵道高架化，這一個暫緩腳步的城市應該會加快。舊車站像老時鐘走到了終點，不會再有人幫忙上緊發條。月台商店的油飯應該會消失，工作一甲子的擦鞋匠也要退休，擁有寬敞攤位的《大誌》雜誌更不會再設點，恐怕連吟歌的街頭藝人都無法到新車站賣唱。這些充滿人情風土之美事，或許都要隨它遠揚。

但洋式高聳的尖樓、左右凸起的山牆、雙向急斜的屋頂，這些早年建築幾何美學，搭配精巧細膩造型的浮雕，還會繼續散發華麗雋永的迷人氣息。外觀山牆立面裝飾物，以台灣特產水果蓮霧、芭樂、香蕉、鳳梨等鑲嵌於上，更是饒富藝趣。因為活絡過，因為有這些和那些榮光蘊含的意義，我們可以驕傲地跟下一代細細分享。

日後，我可能會花更多時間，在別的小站轉乘高鐵。未來的台中車站，應該很難和自

己的旅行記憶典雅地連結。更無奈的，或許是思念的褪色，從此忘記舊車站的風情，縱使它還在那兒。

火車不來，它不再走向世界的舞台，不再有跟遠方共譜樂章的機會，但它會完整地矗立，繼續在我的生命裡走向他境。（2016）

烏日

傷心的車站

暫時分開希望有好將來／快速的列車欲開／怎樣怎樣看無你

看到這樣的歌詞，愛唱卡拉OK的人都猜得出，這是一首典型的車頭情歌。歌名也很俗氣，叫〈傷心的烏日車站〉。比較新奇的是，在眾多跟火車有關的閩南語情歌裡，它是第一首描述高鐵的。

只可惜，並未展現新的歌詞情境，反而繼續沿襲過去台鐵式的離別哀愁。高鐵烏日車站變成戀人癡望的新景點，縱使一小時就到台北了。而像我這種經常走訪烏日舊車站的人，聽到了，感觸可複雜許多。

六〇年代初，烏日是座繁華小鎮，周遭散布著許多田園小村。我的老家九張犁便是其一。這些小村以烏日為中心，舊車站微妙地扮演一個向台灣出發，回到家園的入口。

幼童時，父親常騎單車，載我去那兒。我也有一種孩提的天真，以為烏日是世界的中心點，尤其是位於三民街，接近和中山路交會的鴻源診所。才三層樓高的建築，就是一棟如摩天大樓的地標。

高鐵開通以後，烏日新站出現。大家以為，這個小鎮可能會快速地變遷，過去的街景將迅速消失，連帶地，台中市的發展會受到影響。過去，台中市的發展大致有三個時期。初期是清朝末年犁頭店的老城時期，接著是日治火車站的舊城時期，以及八〇年代起七期重劃區的新城時期，高鐵預期會帶來第四個階段的轉變。

舊烏日會不會被吞沒呢？儘管這個轉變尚未全面，但家鄉的文史工作室已有強烈的危機意識。地方耆老陸續編了兩大本的鄉史，每本都如百科詞典般厚重。據說，他們還要繼續自籌經費，編製第三、第四本，光是這等人文精神，便足堪稱為台灣社區文史的表率。

我去參加第二本鄉史的慶祝酒會時，才知道編輯委員，多半是父親的舊識。父親的師範同學、鴻源診所三代醫師，還有遠親的表叔等等烏日的鄉紳都來了。會場集聚了近百人，五十歲的我，幾乎是最年輕的一位。

或許也是這樣的驚奇吧，在預估高鐵即將帶來的衝擊下，如今好幾回，抵達烏日新站後，我還是會抽空在舊站下車。

這兩站，在台灣的火車站裡，恐怕是最短的距離，長度不及一公里。才上車，還未坐定，過了筏子溪就抵達。

有關此站是否要廢棄，始終繪聲繪影，一如左營站的命運。一聽及存廢，我當然關心，難免又聯想到六〇年代初。那時父親還在屏東當兵，為了省下交通費，掙一點奶粉錢給我和弟弟，經常買月台票，偷偷地跑票。在半夜搭乘火車，一路蹭蹬回烏日站，再沿鐵道走回九張犁。或者反向，從這兒上車，出發到遠方。只可惜，忘了問他，跑票有無失手。

我現在對這個車站的感情，還有另一旅行角度。

早上八點以後，站前的三民街熱鬧哄哄。中部山線的小站，很少出來就是菜市場。但這條烏日最繁華的街道，一大早便集聚了不少菜販、果農。無庸說，他們都像吾鄉九張犁的村民，辛苦肩挑扁擔來此販售。

遠遠望去，街景甚少變遷。直到街口那端，鴻源診所坐落附近，一路喧騰。彷彿當年的熱鬧仍在現今活絡著，父親也繼續騎單車，載著我，穿過街道。

再仔細瀏覽，診所和中藥行特別多，甚而殘存著助產士的招牌。有些村民還不一定把蔬果運來此地，卻會就近來看病。父親也常去拜訪鴻源的老醫師，讓他再次診斷我從小就羸弱的身子，順便吃元波肉圓。

五十多年的肉圓店，剛好位於台中和彰化之間。此二城肉圓的內涵和特色，不用我多介紹，絕對是台灣最精彩的兩造。但就像烏日小鎮介於兩大城間，元波肉圓也有它的扎實口感。若沒有這樣的質地，絕對難以在兩城之間維持半世紀。

品嚐元波肉圓，乃吃一種在地心情。有時甚而有一種擔心，若是元波肉圓消失，三民老街似乎也就沒什麼特色了。

街道右邊另有一公有菜市場緊靠。以前要買豬肉，還得騎單車不辭辛苦到這兒。穿過那不起眼的小市場，隔壁巷子緊鄰烏日小學，接連六七家小吃攤，撐起所剩不多的熱鬧。

晚近我喜歡在此，吃碗素食內涵的平安麵，吞下豆花婆婆手工綿密的豆花。沒事還跟他們聊天，談談老烏日的情景。反正他們的生意清淡，空閒很多。

菜市場的人都以為，現在的老烏日已停滯，縱算高鐵通了，此地還是難以翻身。熱鬧的反而是周邊，比如九張犁，早就比烏日繁華。除非聯勤兵工廠撤走，空地成為都市計劃的重點。或像中和紡織那樣移到東南亞的工廠，重新再回烏日開張，過去的榮景才可能復甦。

關於這種地方建設，家家有本難唸的經。我喜歡聽簡單的。有一回，跟豆花婆婆聊天，她講得最妙，「以前沒人介紹我，生意絡繹不絕。現在好幾家電視台來報導，生意卻每況愈下。」、「高鐵是台中的，不是咱烏日的。」

豆花婆婆說得真是傷心，大概整個老烏日都有這樣的情緒吧。牆壁上貼著跟陳美鳳的合照，只見她笑得合不攏嘴。她不要我報導了，但樂意請我吃一碗豆花。

我走回車站，準備前往九張犁。現在不用走路，也不一定非得等候彰化客運，未來將有密集的區間車和捷運，很快就會載我到達。關於傷心，只能留給烏日車站。（2009）

筏子溪

彰化

失落的老城

台南和彰化皆有蜿蜒巷弄的小隱之美、廟寺之幽，展現老城的特質。

唯府城的街坊生活繁複華美，眾多事蹟散落於寬闊遼遠，巷長牆深的位置。一個人必得腳勁夠力，有時還得藉由單車或公車之便，往西漫遊，方能細細體會其文化奧妙和深邃。

彰化出了車站，跨過馬路便是體驗的開始。加上往外的公車動線不多，難以活絡地連結鄉野。因而仰仗火車來去的人，當然對此座老城更有強大的黏著感。

旅人如我，總是以這種心境，進出母親娘家的車站。離得最近又具體的一條，便是循小西巷梭巡。穿過幾間精緻的文青小店，一路驚奇到陳稜路。

小西巷七〇年代布衣的風華歷史，或許還有一點殘留，但吸睛的，應該是賣咖啡、書

畫，還有手工製品之類小店，又或是把舊旅舍改造為有趣的生活空間，混搭著過往的人文歷史。此等藝文青春，在大一點的城市，應該似曾相識。但緊鄰著台中豪氣的輝煌，這裡像衛星城市的守成，總讓人多了一份疼惜。

再轉個彎，來到陳稜路，聞名全台的肉圓和貓鼠麵，以及坊間口碑甚佳的豆包素食店，不用多贅述，火車常客勢必都熟稔。彰化小吃的精彩和深厚，從這裡也可約略掂量。品嚐過了，多家對照，更能了然，善於考究地方食材的作家陳淑華，何以偏愛彰化小吃。

而「小西巷」大致上是一個區域之總稱，會以巷名之，更證明彰化巷弄的奧妙。順手再舉，那民族路和永樂街一帶的大條巷，聲名或不如前者，卻直指老城的靈魂。

在什麼都不醒目，屢見荒煙廢墟的街衢。循巷弄下去聽聞一些故事，總是可以抽出一些歷史線頭，把數百年靜靜潛伏的古道因子，逐一爬梳，召喚出動人的場景。而這等不起眼小巷，彰化市何其多。認真走過，身上真像注入一管吃重的文化嗎啡，再也無法把彰化放在一個忽略的大城位置。

總的說來，彰化的巷弄曲折不若台南，更無各類小店來蹭搭。究其因，年輕人願意返

鄉投入就業的委實有限，因而隨意在街角蹓躂，遇見創意店面的機會確實不多。小巷多半是尋常素樸人家，旅人缺乏停下來駐腳探看的樂趣，但那裡就是充滿走路的自在和不可預期。

懂得走路的人會穿巷訪弄，避開井字形的騎樓街衢。每條巷之尾端，都可能連接著三百年歷史裡的某一節點。某一個小小廟寺、古蹟或稗官野史，正隱伏在石獅石神的背後。還有一些似乎不會有人再承傳的傳統商家，在下一個巷口等你。

更因為這裡是小吃世界的大本營，數家傳奇的焢肉飯店接棒，如二十四小時便利商店輪流營運，加上地方小食多樣，彷彿每個角落都有奇花異果蔚然生長。你會因自己的經驗充滿更大的樂趣和喜歡，那不是初來的探索，而是沉浸在一種熟稔生活的美好。彰化老城是能磨出這樣底蘊的。

只可惜，彰化老城小巷的特殊並未受到重視，主因行政體系的根本架構出了問題。彰化人口接近嘉義市，二十三萬比二十七萬，卻長期淪於三線城市，每年可獲得預算約二十億，僅後者的七分之一。再怎麼宣傳，明顯都有著先天不足的悲哀。

若把城市形容為一張臉，攤開大開本的彰化市地圖，這個三百年老城，確實比其他城

彰化扇形車庫

市擁有更多彎曲深陷的皺紋。台南是可以一看就有情境，甚而從概略的歷史去博大理解的地方。彰化便不然。外來者常需要文史導覽，循序漸進地，方能更有系統地認識這座城的精深。

從百年前一直被忽略到今天，彰化是座最容易被誤解的都會。透過導覽解說，你才會驚奇，自己還未認真看過它。

做為一座鐵道中心點，站在我母親的位置，橫豎端看，整個台灣就是對不起這座老城。（2019）

田中

錦緞般的彰化平原

瘟疫蔓延時，沿鐵道旅行，像田中這樣人口四五萬的小鎮，常是我心目中的一等大站。北邊的彰化和員林人潮集聚，反而不是最想下車的地方。

我還有一簡單因由，從田中車站出來，不論哪個方向，只要七八分鐘，便能踏上鄉間小路，在各種農作的環境裡徜徉。若是後面兩座大城，再怎麼鑽行，還是陷於攘往熙來的車陣，或者被許多便捷的公路大道橫隔。視野裡多是水泥地景，空氣讓人窒息。

在田中，我總是好整以暇。因為知道鄉野不遠，樂得先在市區小繞。那種走逛真的隨性，哪裡熱鬧，便朝那兒探看。我像貪吃乳酪的老鼠，窸窸窣窣地嗅聞著傳統市場的方向，朝那兒緩緩湊近。鄉下人家在馬路擺攤，販售的蔬果總會提供郊野有哪些物產的線索。五金行裡最常擺設的鋤具、耙刀，多少也能提示耕作的內容。雜貨行更是必訪，袖套、罩衫和花布斗笠等的陳列，往往讓我駐足好一陣。

接著便是行程的開展。流過小鎮的水圳和大排，常是引領的指標。譬如八堡二圳，依它的彎曲河道，可以規劃一條非典型的觀光路線，南下二水。田中大排向北，同樣能延伸，走出一條通往田尾的雅致之道。

但我臨時起意去北斗，倒不是當地肉圓有魅力，而是從未走訪過。田中到那兒有條筆直又寬敞的一五〇縣道，好像走路都可迅速抵達，但我打算繞遠路。

有次從google衛星地圖看到，兩鎮之間的平原，有塊遼闊田地，呈現不同色澤，以及不規則區塊的綠色拼圖，再加上幾條不連貫的農路如鎖邊繡。那整體的田園，彷彿是一塊色彩斑斕又富麗的錦緞。

這樣兩鎮之間的地表，清楚提示南彰化的豐饒物產，盡在眼前的拼貼縫合裡，讓人眼睛發亮。但你若遠遠觀看，不過是華美布衫，縱使開車經過也不盡看清。只有走路，親自挨近，留足豐餘的時間才能明瞭。

我酷愛這樣的旅行規劃，以鄉道、田埂路和產業道路，創造一些島內健行的路線，不與他人同道。我也想透過這趟走路了解，幾乎不戴口罩的農民，在疫情下如何進行農業栽作，生產狀況如何。

昔時糖鐵五分車田中站

後來花了五個小時走到北斗，相對於平常的走路多了點，但遇見不少好事。譬如這兒是珍珠芭樂的產地。經過一處果園，有對夫婦正在摘果剪枝。聊了一下，知道我要去北斗，馬上送兩顆助興。還問我要不要桑椹，路邊有幾棵結果纍纍，可以隨便摘食。

一位阿公非常聰明，利用一壟壟冬瓜的空地種植花生，充分地掌握田間的有效管理。他從濃綠的葉子裡不斷找出大冬瓜，因為顆顆肥碩，笑得合不攏嘴，直問要不要帶一顆走。每顆長達一公尺餘，我如何背得動，只能敬謝不敏。

接著又有位老哥在種花蒲和梨仔蒲。他不斷地幫幼果扶正，好讓它們生長得更為圓熟，消費者才會滿意。田間有許多蜜蜂往來，讓他相當激動。今天應該不用再親手傳授花粉，蜜蜂都會幫忙完成。聊得起勁下，他送我一顆早熟的花蒲。

印象最深刻的是高麗菜採收，幾十位穿著豔麗罩衫的婦人，在田裡割取初秋品種。她們忙碌地切莖摘葉，裝箱上架，再由旁邊兩輛備便的大卡車，快速載運至台北。

這是今年最後一批冬季尾聲的高麗菜。挖土機順手把殘餘的菜葉拌進土壤裡，準備其他作物的栽種。我試著探問，外貌平頭型的，會比高山尖頭型的好嗎?老板一直端詳我的背包，似乎想把一整顆塞進去，要我好好品嚐，平頭型的甜脆。

我才走到一半，背包已相當沉重，無法再有任何負荷。其實一路上都有這些溫暖的故事和邂逅，不是我走過才會遇見。在這裡，相信任何不起眼的彎路，加上一塊塊綠色農作的錯錯落落，走路者都會撞見相似的生活農收。

大熱天下，後來真走不動，一路嘗試攔便車。也不知是瘟疫蔓延，或者自己是陌生老翁，沒一輛停靠。我只能肩著蒲瓜和芭樂，艱辛地走到北斗，但內心著實快樂。（2020）

二水

延續繁華的小吃攤

美食家友人為了完成一雙筷子凸全台灣的願望，走到哪裡，都像一隻餓了三天三夜的棕熊，靈敏地嗅聞著哪裡有好吃好料。

我們一起搭擋拍片，不時見他設法挪空探問。若是撞見喜歡的小食，那更像遇著了上溯的鮭魚群，不徹夜大快朵頤，絕不會拔身離去。

有天我們去二水，才下車，他便雙眼睜亮，鼻孔擴大，努力發揮搜尋食物的本能。旋即清楚定位，朝不遠處一間熱鬧的小吃攤奔去。原本以為是著名的火燒麵，但不是。那店面擺設在洗磨石子騎樓，開設了六十年，用餐的都是在地人。

他彷彿回鄉子弟，大剌剌跨坐板凳，學著旁人，呼叫炒麵和肉焿湯。我相當吃驚，前一刻才吃過早點，現在居然還能在塞滿食物的肚腹，硬是騰空，挪出另一個位置。

二水車站

這種為了美食，勇往直前的決心，吾人這輩子真難以望其項背。我無所事事，乾脆去瞧他狠勁的吃樣。餐桌前擺了一罐辣椒醬，他看到我端詳，馬上提醒，這是給外行人取用。隨手指者自己旁邊的另一罐，色澤較為油亮，沾沾自喜地說著，「這是老板自製的，不添加防腐劑。」

此時，一位老漢走進，點了相同的食物，但他挑的既非老板自製的，也不是沒廠牌那種，而是選擇中部著名的東泉辣椒醬。老漢跟我們同歲數，一邊驕傲地自吹自擂。一甲子了，此攤小吃內容沒改變，仍然保持小時的美味，但重點更在辣椒醬的選擇。才說完，便倒了一大把，暢快地攪拌。看來，美食家有了當地的老饕對手。

緊接，老漢又點了一道油豆腐，乃炒麵必搭配的內容。我們東探西問，他嫌回答麻煩，二話不說，再請老板多給一份，由他作東。鄉下人初見面就這麼阿莎力，十足展現此一沒落小鎮的溫暖風情。

我抬頭看小吃攤沒掛牌子，也無店名。探問下，老板苦笑，當地人則因它在國小前面，便以此為名。叫久了，嗯，好像這個店就稱為「二水國小炒麵」。

很多遊客來此，必訪的是火燒麵、青草藥鋪，或買三義泉和德醬油，但在地人偏好這

間早上營業的小吃攤。它是典型搦仔麵形式的炒麵，百年前即尋常生活小食。滾水煮熟的黃麵，加上肉燥和韭菜。從大安溪以南到濁水溪以北，剛好是這一款食物的重要區域。

台灣這類鄉鎮小店，無名無牌的還真不少，光顧者多為在地熟客，尤其是中老年人。舉凡此類，都是早上推出，還未及午便收攤，食客彷彿在自家享用早餐。我若非清晨到來，根本不知它的存在。

以往都是近午時抵達，看到的街景裡，就是少了此一味。但也因為這回的遭遇，我對二水有一新看法。

百年前的二水，在佐藤春夫和鹿野忠雄的遊記，我讀到了它的繁榮。今日車站前荒涼的旅社、靜寂的街道騎樓，彷彿仍有當時的身影。小說家龍瑛宗則以紀實小說〈植有木瓜樹的小鎮〉，描述庶民百姓的貧困生活，流露在地知識分子的苦悶和無奈。

半世紀前，二水依舊活絡，台鐵、糖鐵和集集線繼續在此三鐵共構，延續了日治時期的風華。二水以這樣的文學質地，讓人迷戀不去。縱使現今沒落了，依舊有一小吃攤，好像殘存的火苗繼續點燃。

它也給我啟示，小鎮旅行一定要趁清早。真希望大家能在各地都遇著這樣的店面，透過小風小物的驚奇，想像早年的豐榮。（2016）

林內

從離島回家

暑夏時，想要暫時清靜，因而受邀到南竿牛角村小住。不意遇見一位年輕女孩，大學時讀社工，隻身跑到這一遙遠的離島打工換宿，準備長時旅居。

有天跟她閒聊，得知是林內人，甚是振奮。一個月前，我才去龍過脈探訪八色鳥，因而好奇她的老家位置。

她住的小村叫重興，舊名香蕉腳，離車站不遠。林內已夠沒落了，何況是這樣名不見經傳之地。我不禁再冒昧探問，何以從偏僻鄉下專程來到遙遠離島。

她說得很單純，只因沒來過。或許說得率性，隨即又補充，遙遠的南竿跟林內小村，氛圍頗為相近，尤其是生活腳步。永遠有老人家肩著扁擔，走過巷弄的背影，又或是，一直坐在某個樹下的位置。但年輕女生還是心思細膩，長輩的迎來送還，她頗有感懷，因而特別提及，兩邊的村民都保持淳樸的生活智慧，熟識了，口頭約定下，人

間大小事常可迎刃而解。

鄉下孩子畢了業，若家無恆產，回去了恐難有機會發展。但看她手腳俐落，幫忙打點諸多生活瑣事，頗得民宿主人稱許。再者，好像打定主意，未來要回家服務鄉梓，不禁讓人心生感佩。

我也不知要說什麼，只能像個回憶生活經驗的旅人，轉而描述那天走訪她故鄉的見聞，分享一些不同的想法。

那天是假日，林內車站前僅剩八九攤小農菜販，跟馬祖獅子市場外圍相似。可以想見，平常時日一定愈加冷清。

有位在地長輩，看到我這樣的外來者，好奇地盯著攤位上的小粒龍眼，乾脆送了一串。小粒種，果肉稀薄，帶著些許甜味，那是小時常吃的古早種，放任栽培的鈕仔眼。此等無啥肉質的小龍眼，經濟價值偏低，一般市場不會販售。這裡滿山遍野，村民順手摘下來兜售，因而尋常菜攤總有三四串，搭配著土黃色大小不一的在地芒果。

我還空腹，專程去市場旁的米苔目小店用餐，那是她印象最美好的家鄉味。夏日不宜

點熱食，手工粉圓加上老鼠尖尾的米苔目，組合成一碗復古的剉冰。一路上，縱貫線鐵道大城，不容易遇見這等淳樸食材了，我也珍惜地享受。

車站前並無尋常的超商，只有一間三角窗的雜貨店，每天努力長時營業，想要做出日常消費的便利。裡面販售著一些外籍移工的食品，還有一般商店罕見的地方性飲料，也算是特色。

車站正對面，直通到底是家麵包烘培房，那是她同學家的店面。菠蘿麵包刻意做得如臉大，或許這樣才能把小鎮的尋常，撐出新奇。她還提醒我，店裡有些傳統日式麵包，外貌普普，卻不能小覷。

我們相差近四十歲，提到這些小鎮生活的細瑣風物，竟有高度共鳴，顯見內心都有顆老靈魂。

我再好奇探問，何以林內車站前，販售的香蕉特別掛出「坪頂香蕉」之名，隱隱感覺那等海拔略高兩三百公尺的環境，似乎是林內的福地。

她對這等地理便陌生了，我卻有著美好想像。

如果小鎮後面只有一座淺山，或者是連綿的山巒，那只是一種尋常里山的層次。但林內不同，車站前是小鎮，被遼闊的農田包圍。小鎮之後是淺山，淺山之後又有台地，台地再被山巒包覆，形成多樣地理環境。

這等繁複風景，大抵是中部一帶城鎮最迷人的羅列。沿著農路走進龍過脈，穿過種麻竹和甜龍竹的低海拔森林，慢慢翻山越嶺，緊接來到產茶的坪頂。台地的小村或許只有老人在緩慢走路，但天空異常忙碌。年復一年，家燕、紫斑蝶和牛背鷺等，在不同時節由此過境，進行島內大遷移。

但最迷人的還是八色鳥。可惜，那天我沒遇見，或許牠已飛回南方。可我一點也不急，林內是最容易接近八色鳥的小鎮，只要搭一趟火車，再從車站穿過市場，便可來到牠最愛棲息的次生林環境。說不定牠看上的，也是我那樣美好的地理想像。

而總有一天，我會在那不遠的竹林裡，聽到此一鬼仔鳥的悠揚呼喚。林內因為這樣無以復加的魅力，低調地珍貴存在。

我努力從地理風物讚歎，不知是否能激發她更深的認知。也或許，這只是一個不經意的閒聊。但我們有相約，明年八色鳥來時，在龍過脈碰頭。（2020）

八色鳥

斗六

最後的老麵攤

斗六有家長興圓仔冰，三代承傳七十多年。秋初時，友人特別引領我去見識，順便認識車站旁的兩大傳統市場。

近車站的西市有太平老街，緊鄰鐵道旁邊，現今是最熱鬧的街心之區，老街想必也是循商業和交通活絡而生。因小吃快炒多，被稱為武市。東市或許更早，清朝初年，斗六為刺竹環繞之城，東邊不遠有平埔族番社，兩邊農產經常交易，遂有此一蔬果為主的文市出現。

當地菜販跟我感嘆，以前東市是東亞最大果菜市場，七〇年代後才是西螺。現在當地販售的蔬果，都是從西螺批發過來，主要賣給做餐廳生意的，幾乎看不到自己栽種的小農了。果然，舉目所見都是尋常蔬果，並無較特殊的代表性食材。但當今物產琳瑯滿目，仍是認識雲林農產的好所在。

那天清晨，我和友人便這樣走訪東市。一大早圓仔冰尚未營業，隨便亂逛，一路看著各種果物和葉菜。意外地發現，市場還保留著日治時期的高大菜棚。八九十年木造的棚架建築，迄今猶在使用，不可不謂神奇。更驚喜的，那菜棚下，還有家古早的小吃攤仍在營業。

老板的名字，周同志，跟店面一樣有趣。八十五歲了，還在看顧，愈發教人心疼。小吃攤以木頭釘製的老舊菜櫥為特色，裡面擺了七八道小菜和滷豆腐，任客人挑選。

身子猶硬朗的阿公，從二十九歲便在此賣麵，從東市最熱鬧繁華時，賣到迄今的沒落蕭條。以前，菜棚下有幾十攤小吃非常熱絡。不遠處，有一查某間的巷弄，那裡跟市場來去的消費者，都是菜棚的食客，現在只剩下他這一攤。

我以為來吃的都是老人家，閒聊下才知，中午時，吃這等老攤的，還有公務員、上班族。我和友人都是半百男子，清楚知道這等吃趣的難得。兩人興奮地坐下，各自點了海鮮麵和雜菜麵。

不過三四分鐘，食物統統上桌。一大早，能吃到阿公煮了五十多年經驗的古早麵，人生還有何種吃食，比這窩心的。一邊吃，味蕾夾雜生活記憶，油然想起小時貧窮年代

的光景，內心竟也湧上酸楚。

阿公煮得很鹹，傳統食物大抵如是，並非好習慣。我建議他，他點頭同意。我反而有些歉疚。過去到現在都是這等煮法，吃食者多勞動階層，並非我這等都會來的遊客，要改變何其困難，又多麼為難。

我們僅花了九十元，便宜又實惠。但這一菜棚下，最後一間小吃攤所代表的意義，卻價值不菲。那不只是好不好吃，而在於還有一阿公堅守著，日後我對它的懷念，當不會輸給旁邊的圓仔冰啊。（2015）

斗六車站

大林

23.5度的車站

第一次觀看大林車站，最好的角度在東站出口。從遼闊的廣場遠遠眺望，這座北回歸線車站的特質才會全然展現，甚而有一個精彩的透視。

此地乃過去的後站，銜接醫院、大學等區域。火車站的後站向來是城鎮最沒落、髒亂的地方，常被疏忽，甚至於被遺忘。如今好些後站都顛覆了既有的內涵，有的門面意象還出色地取代了前站。比如鄰近的嘉義，又或中部的后里，眼前的大林亦然。

除了兩根電線桿，難看地杵擋在前，這個遠觀的位置，清楚地看見綠建築的重要元素。傳統洗磨石子搭配原木，包覆著建築體，減輕了車站過於沉重的遲滯。緩緩的雙層斜坡屋頂，不僅隔熱，兼有良好通風。大面積的透明玻璃，挑高的室內鏤空設計，讓光源從四面充分地湧入。還有完善的排水系統，回收的雨水可再利用也是一絕。

一般人談綠建築，以上的外在描述，應該是檢視的要件，但使用的便利也必須考量。前後站的樓梯都以23.5度，之字型緩上，比一般車站平緩。此一考慮確有針對鄉鎮地區老邁旅客和婦孺之特別需要，若再攜帶行李上下樓梯，又比一般人辛苦。23.5度也是這個車站的精神。此地接近北回歸線，長年處於炙熱的溫度。車站建築的內涵，當然可以微妙地朝此一經緯度思考。

這時再走到前站，還有另一層次的驚奇。

七〇年代初，那棟生硬長相，猶若方塊豆乾的水泥舊站房並未被拆除。它毫無罣礙地融入了新建築，成為其中的一部分。如今的大林車站，巧妙地以新包舊。乘客繼續由舊的建築體進去，穿過藝文展示空間。緩上樓梯後，不知不覺地走進新的建築內。

上了二樓大廳，看到的細節就更多樣。從樓梯起皆以木板和綠色屋頂搭配，各種汙廢水和通氣的明管清楚排列。天花板則繼續利用傳統吊扇，輔助空調效果。再無感的人只要稍稍梭巡，應該都能察覺諸多細膩的巧思和改變。相對於以往，這棟綠建築並不因為現代化形成冰冷的空間，而是努力展現更多小地方的體貼。

但小葉欖仁延伸出來的綠色空間，讓我遲疑。它自馬達加斯加引進，直覺是南緯 23.5 度的樹種，不是北緯的。我傾向以原生本地種，活化旁邊的綠意，比如樟樹、欒樹和白雞油等，或者嘉義的縣花玉蘭花。類似箭竹的優雅竹子栽種於旁，雖有亞洲風味，還是跟在地隔閡。長期日晒下，我也擔心，它們有無自力生存的條件。

當代學建築的人，植物課往往比較疏離。綠色思維不是一門物種的知識而已，而是要長期培養感情，甚至多在這樣的環境居留，才可能有機對話。

這座車站在二〇〇八年竣工時，台灣的綠建築方才蔚成討論風潮。大林車站率先走在時代尖端，突顯了主事者擁有前瞻的眼光。當下我也才知，被人稱道的北投公園圖書館綠建築，也是同一建築師所規劃。

但或許是來得太早，也可能是經費有限，整棟車站造型的美感，呈現出不協調的樣貌。一時之間，綠建築彷彿在初期的摸索中，還無法理出一個美好的幾何線條。或者，這樣跟大地的對話，還需要更多回的磨合。

日後的台灣車站，這類建築應該會逐漸增多，跳脫昔時的質樸和笨拙。綜觀車站建築的歷史，百年前先有歐式風格的台中、台南和新竹等車站，以及日後海線系列的木造

大林車站

小房，如大山、日南等，再經歷戰後各類水泥式站房的大量蘊生，乃至帷幕式樓房。代代演變下，如今出現了一棟綠建築，頗富深意。

車經過時，大概也無心停駐觀賞。

這座充滿未來性的車站，放諸公共交通建築，想必也占有一席之地。台鐵早已在自己販售的中部火車便當上，印製出這座車站的外貌。只是旅人還不甚清楚，匆匆搭乘火車經過時，大概也無心停駐觀賞。

我再沿著車站前的大林老街梭巡。此街稱老，委實勉強，更乏精彩的生活特質。唯跟車站對望之水果攤，展現了熱帶水果的豐富內涵，未來說不定有和車站呼應的可能。

從那兒繼續觀看，老車站被新建築包覆著，這等衝突的綠色美學，在鄉下之地首開風氣，其實頗前衛。我愈看愈加感佩，進而好奇著，大林大破大立之後，其他火車站未來改建時，會是何種形容。還是，暫時只此一例，別無他家。（2011）

嘉義

或許該下車的地方

暑夏時，有天前往台南教學。那日時間從容，遂放棄搭乘高鐵，隨著火車的節奏，慢慢磨蹭過去。坐上車後，座位號碼是51，車廂最後一排。

我坐在靠窗的位置，隔鄰是位年輕的大學生，正翻背著英文單字，不斷地輕聲朗讀。有些疲累的我，彷彿聽著木魚之敲打，迅速地睡著了。

車過斗南。沒幾時，隔鄰傳來大聲的喧嚷。我撇頭一看，旁邊的座位換成一位剛上車的阿嬤，正在打手機。只見她驚慌地吼道，「阿英啊，害矣啦，我出來時，袂記把電鍋按下煮飯。」

她的嚷叫聲猶若打雷公，整個車廂頓時安靜了。事情交待畢，她似乎安心不少，但繼續望著走道。我手上剛好有一袋小蛋糕，問她要不要吃？她當下客氣地婉拒，卻感激地喃唸著，「你人真好，剛才那位也是。」

她回頭，指著適才起身讓她座位的大學生，「你將來一定會娶好某。」說完，又焦急地往走道上觀望。

我不禁好奇地探詢，「怎麼回事？」

她才補充說明，原來剛剛從斗南上來時，欲搭乘的火車已進站。站務員擔心再買票恐會來不及，叫她和其他三個年輕人趕緊上車。他們連奔帶跑，及時趕上。只是她七十多歲了，這一跑下來，氣喘吁吁不打緊，原本虛弱的膝蓋更加疼痛。

說到此，她不禁感嘆歲月不饒人。阿嬤穿著一件磨得發亮，邊角起毛球的尼龍褲，上半身套了件簡單的T恤。手上則拎著一個裝得鼓鼓的茄芷袋。

「等一下查票，不知車長會不會以為我跑票，罰我錢？」阿嬤憂心地說。

「不會啦！」我在旁安慰。

「我已經七十五歲了，補票時不知是否也有半票？」

嘉義縣公車站，已拆除。

「應該會吧，你有帶證件嗎？」「我沒有帶，」阿嬤有些困惑，「但我長這種臉，難道沒有七十五歲嗎？」

我點點頭，卻不敢說，她看來真的符合實際年齡。「有無健保卡呢？」

阿嬤搖搖頭，繼續看著走道，「奇怪了，檢查車票的人怎麼不出現？」

這問題，誰知道？我未答腔。

「他們會不會以為我在欺騙？」老婦人仍喃唸有詞。「不會啦！」我繼續安慰，「他們會看人啦。」

「就是嘛，我已經活到七八十歲了，幹嘛為此騙他們？」她說完，我們靜默一陣。她又開始嘀咕，「奇怪車長怎麼還未出現？」

「你要到哪裡？」「嘉義。」

那不就是下一站嗎？我好奇地再問，「阿嬤你到底住哪裡？」「番路鄉。」

我想到了熱鬧的奮起湖，隨口脫嘴道，「啊，那妳是開民宿的喲！」

「哪有，那是山下有錢的人，我們是做山產的。」

原來阿嬤從小在番路鄉長大，那兒出產龍眼、麻竹。少女時就常要扛近百斤的麻竹筍下山，膝蓋韌帶都磨損了。她繼續抱怨，這次追火車，雙腿恐怕要出毛病了。

「那妳到斗南做什麼？」「我查某囝在車站賣仙草茶，我去幫伊照顧厝。」

年紀一大把，還這麼勞碌命，她這一說，我更確切相信，阿嬤真的是貧窮人家出身。

她繼續盯著走道，車長始終未出現，但嘉義站到了。

阿嬤開始抱怨，「現在的火車怎麼都不查票？都已經到站了，叫我怎麼辦？」

我繼續安慰她，「放心啦，等一下去補票的地方，跟他解釋，應該會通融的。」

火車駛進第一月台，阿嬤跟我道別，再謝謝那大學生，準備轉搭客運回家。隨即拎著笨重的茄芷袋下車，如鵝般搖晃著胖身，走往出口的補票處。自強號在這兒停得較

久，我無聊地從窗口望出去，赫見阿嬤依然站在補票口，似乎有些爭執，無法走出去。

怎麼回事呢？我衡量自己的狀況，下一站即到台南，時間仍很充裕，況且半小時後還有自強號。我有些衝動，很想下去幫她，卻始終未付諸行動。

阿嬤繼續趴在窗口，和裡面的站務員溝通，眼看都快吵起來了。我還是沒下車。等火車一啟動，我才彷彿錯失什麼似的，開始懊惱。不知何以至此，火車離得愈遠，愈加悵然若失。

又過一星期，莫拉克颱風到來，翻開報紙，許多山區村毀人亡。我也讀到番路鄉山區遭到洪水沖擊，橋斷路阻，損傷悽慘。我不免想到阿嬤，不知她現在如何了。

我更深感後悔，假如那天搭火車時，自己肯下去幫她解釋。或許會耽擱一點時間，對一個沒幾天後，隨即遇到大災難的人，這麼點陌生意外的小小援助，說不定都是支撐生活的力量啊。

但我錯失了，幫助一位老母親順利回家的尋常機會。（2009）

左營

舊城下的餅店

一如新烏日到烏日，從新左營到左營，短短不到兩公里，還未站穩，就得下車了。

車站前矗立著兩間學校操場的圍牆，只中間一條馬路通行，如排水溝。旅人必須走很久很久，才會抵達熱鬧一些的街衢。

沒想到隸屬大高雄市的車站，還有這等荒涼，頗教人意外，卻也有些驚喜。以前抵達都會區的車站，一出車站就是熱鬧的街景，帶給你繁華的壓迫感。左營卻是清淨開闊，沒什麼交通載具，逼人非得走路。

通常，車站附近最有趣的街景，絕非什麼餐飲店、百貨大樓，或者什麼博物館。菜市場才是最核心的靈魂。我想去的地方是左營傳統菜市場，埤仔頭。

光是這個充滿地氣的名字，心頭即浮升質樸小鎮的想像。走過長而單調的椰子樹街

道，抵達開闊的蓮池潭。再經過長長的、已是古蹟的舊城牆，最終抵達目的地。眼前是一條狹長，不到半公里的老街，許多攤販和商家蹲靠巷子兩邊，販售著各種蔬果魚肉和雜貨。市街並未如預期的繁榮，卻隱然連結著百年的風華。

我在那兒看到了不少野莧、波羅蜜和烏甜仔菜等，算是這兒較有特色的蔬果。有時在一個小鎮旅行，從一二種蔬果，便可端倪周遭環境。這幾種，或許呈現了這個菜市場的南方特色，但代表性還不足。

從九〇年代初的舊指南，我獲知此地有家小鋪，酥餅非常出色。其實，走這麼漫長的路，除了逛菜市場，圖的便是買那酥餅嚐嚐。未料，走逛至店家時，最後一個酥餅，早一步賣掉了。

那時大約十點半，我排最後一位，剛巧未買到，老板是位中年人，看我表情失落，不好意思地一直跟我道歉，並且告知，十二點會再出爐，希望我那時再來買。我心想，好不容易從台北南下，又走了近一公里路，再等兩小時又何妨。況且，旁邊就是熱鬧的左營大路，自己是海軍艦艇官退役，還有許多可觀賞的事物。於是當下訂了六個，甜鹹各半。準備中午時，當第一個顧客。

臨走前，我特別在店門口拍照，還想拍攝那傳統的爐筒、酥餅，以及店家搓揉麵團的光景。結果老板又出來跟我道歉，拜託我不要拍內部的照片，一邊問我，「是不是記者？」

我回答，「只是喜愛走訪，撰寫這類報導的文字工作者。」他繼續客氣地說，「能否不要報導我們？」

我很納悶，一般商家都希望媒體宣傳，隨即反問為什麼？他無奈地說，「以前報導太多了，很多人來買。我們人力有限，做不來，這樣很不好意思。」

他這一說，我馬上了然。自己不就是這等情況的受害者嗎？再看店鋪牆壁和外牆，除了店家名稱，果真什麼招牌都沒有。於是，當下便收起相機，尊重老板的心願。心裡也暗自承諾，若是日後提到此地，什麼店名、地址都不會提。有心人來此，自當費力去尋找。

出去繞了大圈，回來時，還有半個鐘頭，老板夫婦猶忙得不可開交。我怕給壓力，先到旁邊著名的扁食店，叫了一碗慢慢享用。吃完時，酥餅店前已有兩三人列隊等候了。

十二點一到，那火爐蓋在幾番掀開下，終於確定這波酥餅呈現出允當的外皮色澤了。老板逐一取出後，以紙袋裝售。我當然是第一位買主。

不過，老板顯然觀察我好一陣，裝餅時特別再悉心問我，「請問你待會兒怎麼吃？」

我興奮回答，「等一下，會先各吃一個甜的和鹹的，其他四個準備帶到高雄，跟朋友分享。」

老板再次面有難色，「不好意思，等一下吃時，能不能先吃鹹的，再吃甜的，比較能感受到不同的風味。」

我點點頭，甚覺有理。後面排隊的人，似乎有些不耐煩。老板卻一臉嚴肅，不理排隊者，繼續對我說，「能不能只買兩個？」

我只想買六個，又不是六十個，而且是排第一位，怎麼老板如此計較？我當然滿腹狐疑，不禁反問，「為什麼不多賣給我？」

「這些酥餅最好當場吃。我擔心你帶到高雄時，餅都涼了，變得不好吃。這樣會壞了

蓮池潭龍虎塔

口碑。」

他一說，我倒是愣住了。當下又看到後面排隊的人愈來愈多，急忙應允了老板的請求。結果，專程台北南下，又花了三個多小時在路上閒逛，最後竟只買了兩個酥餅。

買完後，我好像被金光黨誆騙一般，愣愣地反問自己，這樣值得嗎？

迷迷糊糊地搭上往高雄的公車，一路望著遠去的左營舊城牆，一邊吃著酥餅，再想起早上的過程，儘管有些失落，卻愈發覺得玩味。

沒想到，在這麼偏遠的小街市，遇到講究細節的小餅鋪老板。我相信，這樣的店主，台灣各地應該也有，只是過去行旅匆匆，較難邂逅。小鎮開店存續不易，竟還能出現這等堅持的職人，委實讓人訝異。這回因為費時走路，又留下許多空閒，才能夠幸運地遇見。（2009）

颱風季飯湯

年過花甲，還在廚藝的世界大膽展開烹調冒險，不得不佩服PChome董事長詹宏志的熱情和勇氣。尤其是異地取材，那是一位米其林星級的廚師都不敢進行的實驗，更何況他四十歲才懂得做菜煮飯。

而這趟食物冒險，或許得從幾年前說起。那時他在海峽兩岸舉辦了數回承傳妻子生前的杭州菜盛宴，贏得各方讚賞。今年秋初則再續此志，數度南下屏東，利用當地食材，延伸為「宣一宴南國變奏曲」。

我有幸參與這趟文化饗宴，隔天一早，滿懷這樣的壯遊情境，特別前往屏東車站附近的建國市場。一路尋找昨天他所講述的食材，諸如九月芒、黃檸檬等。走逛時也不揣淺陋，嘗試著摸索一些心得。

同樣名為建國市場，屏東的規模或許略小於台中，卻同樣有著接近車站之便。只可

惜，我的廚藝不足，從多樣的當令食材難以變出豐富料理。直到看見市場一角，有人高掛「飯湯」之布條，才有所啟悟，決定以此在地特色做為主題。

一進市場，我便邂逅老鼠瓜。上次採買在集集，時隔五年又遇到，蛇瓜在鄉野已是野菜主流，此瓜仍乏人知曉。販售的婦人將它們擺在一塊，大力稱許這種新興食材。

它是蛇瓜嫁接的變種，原生地可能在南洋。長圓之身，明顯比蛇瓜好處理。青翠時削皮，質地如脆瓜。切成對半，去除白色種子，再簡單汆燙煮食。原本以為會像絲瓜的軟綿，怎知清脆的口感接近櫛瓜，煎炒或煮湯似乎都合宜。

現在也是絲瓜季節，但我注意到南部人甚懂惜物。一般人栽種絲瓜，為了讓果實碩大完美，往往會摘除長梗花苞，避免養分流失。但這些花苞並未捨棄，通常熱水焯後快炒，類似韭菜花炒肉絲。一路好幾攤，都大把大把稱斤販賣，價格還不輸水果。

九月芒即凱特，每年南部芒果上市，最晚的一種。外貌顏色偏黃，頭部略帶粉紅，尾巴拖綠。胖嘟嘟的橢圓身形，極好辨認。我看到諸多重達兩公斤，顯見今年大豐收。

以前吃過，甜中帶酸。昨天在宴席上，吃到的九月芒竟無此慮，精彩地結合了番茄和

我在屏東買菜

青椒。老板也大力推薦，近年栽培技術精進，酸味全無。芒果若加入小米粥烹煮，層次會變得豐富。我研判，若將果肉打糊或切成小塊，放進飯湯裡，或許有異曲同工之妙。

最振奮的當是遇見風倒筍。一對老夫妻搬運過來，跟綠竹筍、烏腳綠並排。前兩種接近產期尾聲，筍肉味道不若春夏之交時，常帶水梨風味。風倒筍便稀奇了，其名取自颱風過後被吹倒的刺竹嫩筍。目前販售最多的地點，便是屏東各地市場。

剛剛冒出二三十公分的刺竹，竹殼外表黑烏烏，即可摘食。但長到一公尺多，變成風倒筍後，處理非常費工。必須先剝殼處理，留下二十來公分的筍肉。接下還得長時浸泡，方能去其苦味。老人家蹲坐著，一直忙於處理風倒筍。我不解的是，價格不若綠竹筍。

以前最常接觸東港市場的飯湯，每攤內容不一，隨店主的喜好。但大抵不離魚板、芹菜、旗魚肉和深海蝦猴，還有烏腳綠搭配米飯。我決定以刺竹取代烏腳綠。

它跟深海蝦猴會是這碗飯湯的靈魂。深海蝦猴是特有種，以東港地區為主，棲息於深海沙泥底部。屏東市場裡不難買到剪掉尖嘴和長鬚的，跟香料一樣備妥在旁。此蝦不

只可搭配湯頭，一口咬下，香甜四溢，絕非一般蝦米可比擬。

在魚攤那兒，我還看到一尾尾金目鱸，以紅尼龍繩綑頭綁尾。這一傳統綁法讓牠活得更久，客人也容易提取。此鱸盛產於南部海邊魚塘，肉質不錯，價格平常，做為粥品亦算允當。我想以牠為飯湯的肉品，但活體弓魚，讓人掙扎良久。

風颱螺是最意外的邂逅。颱風季節，此螺在金門常被打上岸。當地人會撿拾，讓其吐沙後，炒辣椒和蒜、薑搭配，類似田螺的處理。我不知如何跟飯湯結合。金門友人提議汆燙後，挑出螺肉，再悉心去除尾部的汙漬。此法或嫌麻煩，卻不失獨樹一幟。

不少食材的出現，看來都跟颱風有關。如是一遊，一碗屏東飯湯的想像隱隱成形。但更重要的是，時節合宜，挖掘有趣的食材，思索其地理環境和文化脈絡。這等文化饗宴，總是要親自到現場，才能激出生活的迴盪。（2020）

枋寮

阿嬤的蓮霧課

枋寮車站大廳的牆壁，鑄刻了一首詩。詩人余光中的〈車過枋寮〉。這首詩因為國語課本裡有登載，凡國中的孩子應該都有印象。

詩裡面提到的一些物產諸如西瓜、甘蔗和香蕉，大抵為屏東縣的特產，卻不盡然符合現實枋寮周遭的特色。遊客若搭火車，一路行來即知，從林邊以迄枋寮的鄉野，但見芒果、蓮霧和魚池遍布，幾無其他作物。詩人想必是把屏東北邊的農作，做了延伸的聯想。

農曆年後，我來到此旅行。走出車站，看到門口有一位老阿嬤蹲在走廊，叫賣著洗清過的蓮霧，一包六顆只賣三十元。有一漂亮女生經過時，彎腰下來好奇地探問，「阿嬤今年幾歲了？」

她答以八十歲。女生問完，逕自走開，並未購買。我隨即停下腳步，暫時擱置了前往

蓮霧

港邊漫步的念頭，從口袋掏出三十元跟阿嬤說，「肚子剛剛才吃飽，能否只買一粒就好？」

阿嬤愣了一下，不知如何賣。

我急忙再解釋，「我還是付三十元，但只吃一個，其他你可以繼續賣。」怎麼會有人只吃一個，卻付三十元？阿嬤聽了，自是欣然應允，也覺得很新鮮，當下就跟我在車站閒聊開來。

我們蹲坐在車站前，遠望著街道，斜對面還有一攤賣蓮霧，一位中年婦人搭了棚架，規模大了許多，非阿嬤這樣手持臉盆，盛個十來包可比擬。

阿嬤隨即建議，「你有空，也可以跟她買。伊嘛真無錢，是散食人。」

我走過去探問，原來是她親戚。她把蓮霧分成兩大堆，各用一塊溼毛巾覆蓋，保持溼度。只是價錢不一，有一斤四十元和六十元之分。貴的看來較為肥大，質重。

但我很困惑，為何現在的蓮霧不若先前紅潤。她和善地解釋，過年前陽光少，肥料下得重，蓮霧較易發紅。現在陽光照得較久，蓮霧就變白了。再過一陣陽光愈加充足，蓮霧漸白時還會有龜裂的外貌，就不好吃了。

她提到的蓮霧生長期，和我過去認知的不一樣。以前在台中，春天以後才吃得到蓮霧，為何此地冬天就有賣呢？她答以現在技術改良得好，蓮霧生長期變長了，不會集中在一段時間，造成滯銷。如今有的秋末時盛產，也有的現在才問世，清明時節仍有一波。

蓮霧季節拉長，利潤雖增加，看來此地低窪環境恐得承受更多的壓力。後來，我又走回車站，繼續跟阿嬤聊天。

我們的主題繼續是蓮霧。阿嬤開始抱怨，產銷結構的問題。她說種蓮霧的人最可憐，平時就忙著照顧。等開花結果，光是請人來套袋，一日工作就上千元，還要提供中餐和點心，真是划不來。小小一顆蓮霧，從栽培到大，也不知被盤商剝削多少層。

阿嬤拉拉雜雜地講了一堆種蓮霧的艱苦，好像在談自己家孩子的不是，又煩又愛。但我更驚訝，沒想到都八十歲了，竟那麼清楚果農所遭遇的不合理待遇。

我忍不住附合她的說法，一袋三十元的蓮霧，運到台北少說可賣一百元。沒想到這時她反而幫盤商講話，「賣這樣也合理，人家也有妻小要照顧啊。」

同情別人後，反過來繼續感嘆，以前都是姆指大才套袋，現在蟲子多，長出一點點小姆指節的尺寸就得使用了，農藥也愈用愈重。後來她看我臉色沉重，又安慰我，「果實套袋前都會噴藥，但套袋後就不會了，只有下肥料而已。」

我點點頭看著遠方，她繼續喃喃自語，「如果不噴藥，絕對不可能長出來的。」

一個冬日的午後，我們在車站前並坐著，一些經過的旅客以為阿嬤的蓮霧便宜又好吃，都走過來買。沒多久，阿嬤的蓮霧賣光了，賺到好些零用錢。我則因一顆三十元蓮霧的媒介，學得了一堆種蓮霧的知識，那是一輩子在課堂都難學到的。（2010）

編輯手記

載著人生意義的列車

朱惠菁

「這本書跟《11元的鐵道旅行》有不一樣嗎？」「當然，你明明知道。」克襄的表情和語氣都帶著些許無奈。

是啊，身為他親密的生活伴侶，我怎麼會拋出如此白目的問題呢？誰叫他竟悄悄造訪了一站又一站，教我不禁動搖，自己或有不知。

表面上，他的鐵道旅行兜轉著類似的元素，經常和乘客、店家搭話，偏愛走訪市場與小農。然而只要稍微細讀，便能感受他的走逛更加胸有成竹，流暢轉換的視角，在在展現閱歷的豐厚和貫通。

克襄眼下總是風光連翩，興味盎然。同一車站，他造訪數十次，甚至百次，不曾厭

膩，每個車站都能玩出深度。只是創作「11元」一書的年代，他的腳步沒有牽絆，但不消幾年景況丕變，出遊再遠都惦數著回家陪母親吃飯。

這一次出書他不再熱衷繪圖，原本僅想以文字分享，搭配少數幾張母親的繪圖增色。只是一邊整理文稿時，我們益發感受老人家的畫作如影隨形，因而加重了比例。母子倆一圖一文，各自揮灑，又隱約相隨遊歷遠方。

我所認識的婆婆，自有一套準則，凡事皆得依原有習慣方才妥當。比如料理味噌湯，如果沒有按其步驟一一推進，彷彿就熬不出她心頭的滋味，怎麼加料都不對味。這一板一眼的作風，在畫作裡更是表露無遺，建築物尤能體現，每個線條都堅持用直尺一絲不苟地描繪。縱使老眼昏花，不甚清楚照片中的一些物件，她也毫不馬虎，依樣勾勒細節。

望著這些執著的筆觸，我感受到婆婆堅毅的一生，也領悟克襄認真的態度其來有自。

往昔他倆的對話有限。婆婆熟悉股市，交談興致離不開此，但是克襄毫無概念也興趣缺缺。閒聊家務瑣事，他更不在行。對至親的關懷，總是濃縮在三兩句的問候裡。自從婆婆開始作畫，終有熱絡的題材。

初始，婆婆曾感性告白，知道克襄喜歡她畫畫。早期的動力，或許部分源自迎合兒子的期待，但漸漸地繪畫成為日常必需。偶有電腦當機故障，無法點閱照片參照繪圖，她的世界頓時天崩地裂。

作畫讓糾纏不休的耳鳴和疼痛暫時告退，日漸凋萎的心坎刷出一道道繽紛的色澤。在描繪雲彩、樹木之物，時而出現異常奔放，或頗為印象派的筆觸，那是她最水瓶座的時刻吧。

原本礙於重聽，婆婆不喜與外人交際，如今畫作成為結緣的媒介，她經常興奮地重複述說幾個畫作贈人，對方又如何回應的故事。

我能預見，這本書交付婆婆手中時，她激動，甚而眼眶泛紅的模樣。這是克襄對母親最深情的致意，也希望能鼓勵其他的長者。

小兒子讀高中時，跟克襄吐露人生沒有意義。婆婆則說沒有繪畫，人生還有什麼。也許，這十多年來他就像一輛火車頭，加掛了這兩節藍色車廂，奔馳於山野之間。

Taiwan Style 68

小站也有遠方

作者／劉克襄
內頁繪圖／陳孅孅

編輯製作／台灣館
總編輯／黃靜宜
專案主編／朱惠菁
美術設計、封面繪圖／王春子
內頁編排協力／黃齡儀（中原造像）
編務執行統籌／張詩薇
行銷企劃／叢昌瑜、沈嘉悅

發行人／王榮文
出版發行／遠流出版事業股份有限公司
地址：104005 台北市中山北路一段 11 號 13 樓
電話：（02）2571-0297
傳真：（02）2571-0197
郵政劃撥：0189456-1
著作權顧問／蕭雄淋律師
輸出印刷／中原造像股份有限公司
□ 2021 年 5 月 1 日 初版一刷
□ 2023 年 8 月 10 日 初版五刷
定價 380 元

Printed in Taiwan
ISBN 978-957-32-9081-0
遠流博識網 http://www.ylib.com E-mail: ylib@ylib.com
遠流粉絲團 https://www.facebook.com/ylibfans

國家圖書館出版品預行編目（CIP）資料

小站也有遠方 / 劉克襄著 . -- 初版 . -- 臺北市 : 遠流出版事業股份有限公司 , 2021.05
288 面 ; 21×14.8 公分 . --（Taiwan Style ; 68）
ISBN 978-957-32-9081-0（平裝）

863.55　　110005326

南迴線	枋寮－台東
台東線	台東－花蓮
北迴線	花蓮－蘇澳新
宜蘭線	蘇澳－八堵

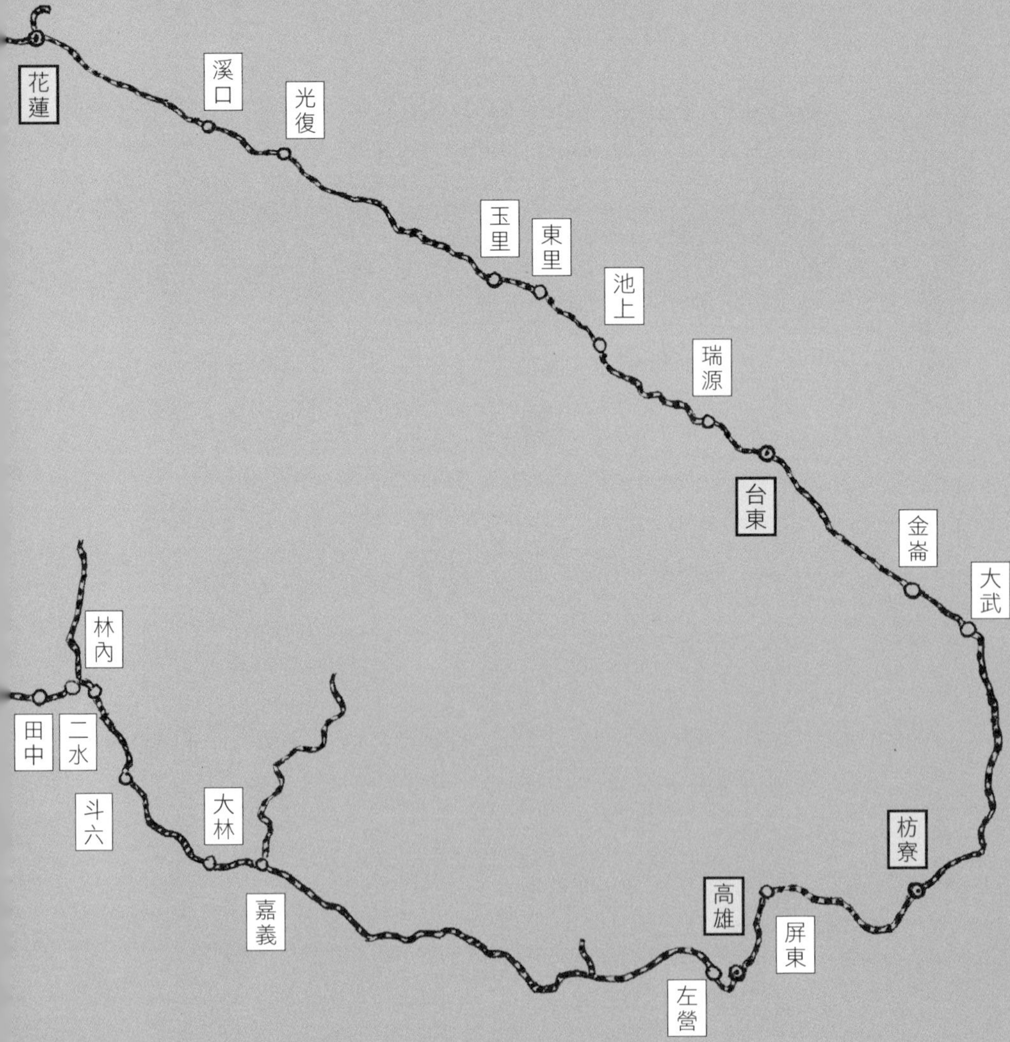

山線

縱貫線南段

縱貫線北段

海線

北迴線

宜蘭線

平溪線

目次

小站也有遠方

劉克襄 著